162번째

세 계 의

태 임 이

162번째
세계의
태임이

남유하 장편 소설

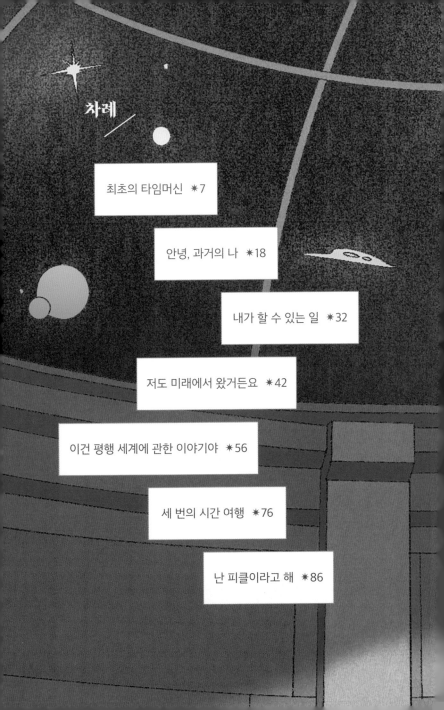

차례

최초의 타임머신 *7

안녕, 과거의 나 *18

내가 할 수 있는 일 *32

저도 미래에서 왔거든요 *42

이건 평행 세계에 관한 이야기야 *56

세 번의 시간 여행 *76

난 피클이라고 해 *86

내가 다 돌려놓는다고! ✳97

163번째 세계의 아리 ✳104

네가 가야 해. 너 혼자 ✳115

과거를 바꿀 수는 없어요 ✳128

무(無)의 공간에서 ✳138

시간의 터널이요? ✳147

아주 오랜만에 집으로 ✳154

작가의 말 162

최초의 타임머신

에어 버스가 과학관 주차장에 착륙했다. 버스가 멈추기도 전에 아이들이 문 앞으로 달려 나왔다.

"조심조심! 차례로 내려야지."

앞자리에 있던 솔 선생이 벌떡 일어났다. 나는 솔 선생 건너편 자리에 혼자 앉아 있었다. 신이 난 아이들은 저희끼리 떠드느라 내게는 눈길도 주지 않았다. 차라리 그게 낫다.

문이 열리자 몇몇이 먼저 뛰어내렸고, 나머지는 솔 선생의 잔소리를 들으며 차례로 내렸다. 내 순서는 언제나처럼 맨 마지막이었다.

"난 화장실에 들렀다 갈 테니, 모두 로비에서 기다리고 있어."

솔 선생은 배탈이 났는지 아랫배에 손을 올린 채 식은땀까지 흘리고 있었다. 솔 선생의 진짜 이름은 송이솔. 이름 마지막 글자가 '솔'이기도 하지만 언제나 노래하듯, 도레미파'솔'의 '솔' 톤으로 말하기 때문에 붙여진 별명이다.

솔 선생이 과학관 안으로 들어가자 아이들은 더욱 신이 나서 날뛰었다. 달리기는 질색이다. 그래도 너무 뒤처지면 곤란하다. 숨을 크게 내쉬고 걸음을 옮기는데 뒤통수에 서늘한 느낌이 들었다. 뒤를 돌아보니 우리가 타고 온 버스 옆에 사람이 서 있었다. 엄마랑 비슷한 키에 검은 야구 모자를 눌러쓰고 과학관 유니폼을 입었다. 주차 요원은 아닌 것 같은데……. 우리에게 무슨 볼일이라도 있는 걸까? 솔 선생하고 아는 사이인지 물어봐야 할까?

망설이는 사이 그 사람은 버스 광고판을 손끝으로 쓰다듬고는 재빨리 지하 주차장 쪽으로 사라졌다. 반짝! 광고판 속 신형 안드로이드 모델의 눈이 은색으로 빛났다. 눈을 가늘게 뜨고 보니 손톱만 한 은색 단추 같은 게 붙어 있었다. 저게 뭐지? 버스로 돌아가려는데 아리의 목소리가 들렸다.

"야, 배양육. 너 빨리 안 올래?"

아리는 새침한 고양이 같은 표정을 짓고 있었다. 내가 노려

보자 손에 든 포도 주스 팩을 쪽 빨아 먹더니 혀로 입술을 천천히 핥았다. 보라색으로 물든 혀가 아니더라도 아리는 충분히 악마처럼 보였다. 어느새 아리 패거리들이 내 앞에 늘어섰다. 얘들은 왜 나를 가만두지 못하는 걸까. 학교에서 괴롭히는 것만으로는 부족한가 보다.

"왜 그래? 우리랑 같이 가자니까?"

"너랑 같이 가야 우리가 더 돋보이지 않겠어?"

나는 언제나처럼 아리 패거리들을 무시하고 피해 가려 했다. 아이들은 내 앞을 막는 시늉을 하다가 금세 흥미를 잃었다는 듯 돌아서 갔다.

"배양육, 굴러오냐? 소금이라도 뿌려 줄까? 아님 후추?"

아리가 가던 길을 멈추고 홱 돌아보더니 뒷걸음치며 크게 소리쳤다. 나는 주변을 둘러봤다. 다행히 다른 사람들은 없었다. 우리 반 아이들이야 내 별명을 다 알고 있다고 해도 다른 사람이 듣는 건 싫었다. 아이들이 저마다 뒤를 돌아보며 과장되게 킬킬거렸다. 아리 패거리를 추월해 가려고 과학관을 향해 뛰었다. 뱃살이 출렁거리고, 발밑에서는 둔탁한 소리가 났다. 숨이 차올라 목구멍이 따가웠지만 이를 악물고 달렸다. 그러느라 검은 모자를 쓴 사람의 일은 하얗게 잊어버리고 말았다.

＊

"난 여기 계신 선생님과 과학 쇼를 준비할 테니까 너희들은 과학관을 견학하고 12시까지 다시 로비로 모여야 해. 알았지?"

솔 선생은 아직도 배가 아픈지 아랫배를 문지르며 말했다. 솔 선생 옆에는 과학자처럼 흰 가운을 입고 고글을 쓴 사람이 있었다. 과학 쇼라니. 보나 마나 공기 대포를 쏘거나 바늘 위의 풍선이 터지지 않는 마술 같은 걸 보여 주고 호들갑을 떨겠지.

"네."

심드렁하게 대답한 아이들은 로비 오른쪽의 시간 여행관으로 달려갔다. 최초의 타임머신을 보기 위해서다. 올해 초 국립 과학관에 최초의 타임머신이 전시된다는 뉴스를 보고, 주말마다 엄마에게 과학관에 가겠다고 했다. 엄마는 대답 대신 밀짚 모자와 장갑을 던져 주었고, 나는 과학관은커녕 텃밭 가꾸는 일을 도와야 했다.

우리 엄마는 자연주의자다. 자율 주행차, 드론, 안드로이드, 에그, 타임머신 같은 것들은 엄마의 세상에서 존재하지 않는 거나 마찬가지였다. 그 대신 엄마의 세상에는 자전거, 장바구니, 텃밭에서 직접 기른 채소 같은 것들이 넘쳐 났다.

"야, 배양육. 길 막지 말고 비켜. 덩치만 큰 게."

지호가 내 등을 툭 치며 지나갔다. 우리 반에서 살집이 있는 아이는 나 혼자다. 그래서 아이들은 나를 배양육이라 부른다. 고깃덩어리라는 의미다. 정작 우리 집에서는 동물의 세포를 인공적으로 키워 만든 배양육은 먹지 않는데…….

따지고 보면 내가 과체중인 건 엄마 책임이다. 에그에서 태어난 아이들과 달리, 나는 엄마 자궁에서 태어났다. 우리 반에서, 아니 우리 학교에서 '자연의 아이'는 나밖에 없다. 다른 아이들은 모두 인공 자궁인 에그에서 태어났다. 엄마 아빠의 좋은 유전자만 골라 체외 수정을 하고 에그 안에서 9개월을 보낸 후 세상에 나온 것이다. 그 애들은 각기 개성을 잃지 않으면서도 하나같이 날씬했다. 비만 유전자 따위는 착상 단계에서 제외되니까. 딱히 부럽진 않다. 다만 아이들과 다르다는 이유로 주목받는 건 번거로웠다. 나는 사람들의 관심을 즐기는 타입이 아니니까.

로비 한가운데에는 티라노사우루스의 뼈 조형물이 서 있었다. 최대한 느린 걸음으로 시간 여행관에 갔다. 누구의 방해도 받지 않고 최초의 타임머신을 보고 싶었다. 별로 인기 없는 과학 역사관에 들렀다 갈까도 생각해 봤지만 역시 그럴 순 없었다. 과학관에서 처음 보게 되는 무언가는 반드시 최초의 타임머신이어야만 한다.

내 꿈은 타임머신 조종사가 되는 것이다. 지금은 훈련받은 전문가들만 시간 여행을 할 수 있지만 머지않아 화성 여행처럼 일반인들도 시간 여행을 할 수 있는 시대가 올 것이다. 그때가 오면 타임머신을 타고 자유롭게 과거와 미래를 여행하고 싶다. 무엇보다 과거로 가서 우리 엄마를 만나면, 제발 다른 부모들처럼 에그를 선택해 아이를 낳으라고 조언해 줄 것이다. 가만, 에그를 통해서 태어나는 아이는 더 이상 '나'라고 할 수 없게 되는 건가.

✳

"시간 여행관에 오신 것을 환영합니다."

전시관 입구에 들어서자 낭랑한 목소리가 인사를 건넸다. 인간의 목소리와 비슷하지만 미묘하게 다른 인공 지능의 목소리. 엄마는 그게 너무 소름 끼친다고 했다. 엄마를 포함, 내가 만난 자연주의자들은 인공 지능이라면 유난히 싫어한다.

시간 여행관은 우리 학교 강당만큼이나 넓었다. 육각형의 공간 안에는 시간 여행의 원리, 타임머신이 만들어지기까지의 과정, 타임머신의 변천사 등을 설명하는 홀로그램과 모형이 전시돼 있었다. 하지만 내 눈에는 오직 최초의 타임머신만 들어왔다. 첫눈에 반한다는 게 이런 느낌일까. 가슴에서 쿵쿵 소리가 났다. 입에서는 나도 모르게 감탄사가 터져 나왔다.

최초의 타임머신, 타이미 011호는 전시관 한가운데서 푸른 조명을 받으며 유선형의 동체를 뽐내고 있었다. 은색 표면은 새것처럼 반짝이지는 않았다. 자세히 보니 옆면에 빗금처럼 긁힌 흔적이 남아 있었다. 시간의 저항을 뚫고 달린 영광의 상처. 나는 타이미 011호에 더욱 가까이 갔다. 옆면의 문은 조종석이 잘 보이도록 위로 열려 있어 마치 한쪽 날개를 펼치고 있는 우주선처럼 보이기도 했다.

단상 위의 타임머신을 우러러보던 나는 문득 주위를 둘러봤다. 나 말고 다른 아이들은 없었다. 역시 시간차를 두고 오길 잘했다. 아무도 없을 때 조종석에 올라타 보고 싶은 마음도 있었다. 하지만 '절대 올라타지 마시오.'라는 표지판을 보고 이내 포기했다. 대신 만져 보기라도 하고 싶었다. 나는 까치발을 들고 조심스레 손을 뻗었다.

"야, 골동품 뭐하냐?"

아리의 목소리였다. 배양육, 고깃덩어리, 내게는 아이들이 제멋대로 붙인 별명이 많다. 골동품 역시 내 별명 중 하나다.

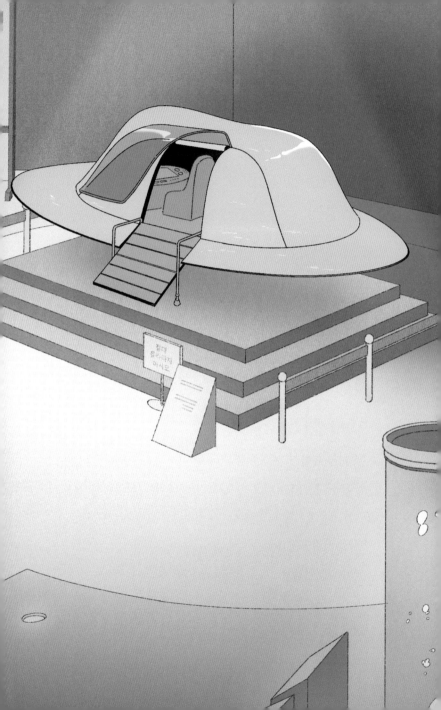

옛날 방식으로 태어난 아이니까 골동품이라나 뭐라나. 조금 전까지 시간 여행관에는 아무도 없었는데 얘는 도대체 어디에 숨었다 나타난 걸까?

"골동품끼리 교감하나 보네."

지호가 빈정거렸다. 그 뒤로 서너 명의 아이들이 더 나타나 나를 둘러쌌다.

"맞다, 골동품을 골동품에 태워 주면 되겠네!"

누군가가 외쳤다.

"오, 그거 좋은 생각인데?"

아리와 지호가 내 양쪽에 붙어서더니 갑자기 팔짱을 끼었다.

"싫어, 이거 놔!"

아이들의 팔을 뿌리치려 했지만 힘이 모자랐다. 게다가 나머지 아이들까지 달라붙어 등을 떠미는 바람에 다임머신이 있는 단상까지 끌려 올라갔다.

"우리는 과학관 견학을 할 테니 넌 이거나 타고 있어!"

아리가 나를 타임머신 안으로 밀어 넣었다. 타임머신 안은 엄마의 고물차보다도 좁았다.

"나올 생각은 하지도 마라."

늘 타임머신을 타 보고 싶었지만 이런 식은 아니었다. 문 앞을 가로막고 서 있는 지호의 배를 발로 차 버릴까? 그러다가 뒤로 굴러떨어져 뇌진탕에 걸리면 어떡하지? 아, 나는 왜 이런 순간에도 남 걱정을 하는 거야. 갑자기 윙 소리가 나며 문이 내려오기 시작했다. 아리와 지호도 놀란 듯 얼빠진 얼굴로 물러났다. 빠져나올 틈도 없이 문이 굳게 달혔다. 아이들도 예상치 못한 상황에 허둥대다 밖으로 도망쳐 버렸다.

"안 돼! 가지 마!"

어딘가 문을 여는 스위치가 있을 텐데 찾을 수가 없었다. 손바닥이 아프도록 두드려도 티타늄 알루미나이드 합금으로 만든 문은 꿈쩍하지 않았다. 바람이 새어 나갈 틈도 없었다. 심장이 터질 것처럼 빠르게 뛰고 숨쉬기가 힘들었다.

괜찮아. 진정해야 해. 어차피 솔 선생이 찾으러 올 테니까.

나는 몸을 웅크리고 후드 티에 코를 묻은 채 심호흡했다. 여름 캠프 때 갔던 북극 체험관에서도 아이들은 나를 이글루에 가두고 북극곰 박제로 입구를 막아 놓았다. 그래도 솔 선생은 나를 금방 찾아냈다. 오늘도 솔 선생은 나를 두고 가지 않을 것이다.

안녕, 과거의 나

얼마나 시간이 지났을까. 꽤 오랜 시간이 흐른 것 같다. 솔 선생도, 과학관의 안내 직원도 오지 않았다.

엄마가 어릴 때만 해도 세상 어디에나 플라이 아이(Fly Eye)가 날아다녔다고 한다. 탁구공만 한 크기에 작은 날개가 달린 감시 카메라였는데 사생활을 침해한다는 이유로 점점 사라졌다고. 지금 전시관 안에 플라이 아이가 있다면 좋을 텐데. 아니, 다른 아이들처럼 홀로폰[✦]이라도 있으면 구조 요청을 할 수 있을 텐데.

조종석에 반듯하게 앉아 불 꺼진 계기판을 봤다. 계기판 중

✦홀로폰: 홀로그램으로 통화하는 통신 기기.

심에는 복잡해 보이는 원형 좌표가 있고, 그 주변을 네 개의 작은 좌표들이 둘러싸고 있었다. 좌표 사이사이에는 그래프가, 오른쪽 아래에는 손바닥 모양이 그려져 있었다. 마치 내게 '손을 갖다 대세요.'라고 말하는 것처럼. 나는 오른손을 펼쳐 손바닥 모양에 포갰다. 계기판에 청록색 불이 들어왔다. 깜짝 놀라 손을 뗐지만 불은 꺼지지 않았다.

설마 아직도 작동하는 건 아니겠지? 기사에는 타이미 011호가 수명이 다해 '은퇴'했다고 쓰여 있었단 말이야!

2138년 9월 20일 21시 23분.

15년 10시간 후의 미래를 선택하셨습니다.

타임머신 안에 기계음이 울렸다. 아니, 이러지 마. 난 아무것도 선택하지 않았다고.

계기판의 숫자가 제멋대로 올라갔다. 무슨 일이 벌어지는지 생각할 겨를도 없이 타임머신이 빙글빙글 돌았다. 어떻게든 멈춰 보려 손바닥을 다시 가져다 대 보고, 계기판을 마구 두드려 봐도 소용없었다. 타임머신의 회전 속도는 점점 더 빨라졌다. 눈앞이 빙빙 돌았다. 삐이이이……. 높은 주파수의 소리 때문에 귀가 먹먹했다. 버스 안에서 먹었던 샌드위치가 목구멍으로 넘어오려는 순간, 회전 속도가 느려지더니 타임머신이 멈췄다.

계기판에는 '2138:09:20:21:23'이라는 열두 자리 숫자가 점멸하고 있었다.

목적 시에 도착하셨습니다. 미래에 오신 것을 환영합니다.

다시 기계음이 들리고, 굳게 닫혔던 문이 열렸다. '목적 시'라고? 설마 정말 15년 후로 온 건 아니겠지? 나는 비틀거리며 타임머신에서 빠져나왔다. 뭔가 이상했다. 조금 전과 달리 과학관 안이 캄캄했다. 전시관에서 반짝이던 홀로그램도 사라지고…….

"선생님! 선생님!"

나는 솔 선생을 불렀다. 어두운 시간 여행관 안에 내 목소리만 울렸다. 덜컥 겁이 났다. 여기서 나가야 할 텐데 동굴 속에 있는 것처럼 아무것도 보이지 않았다. 나는 좁은 의자에 등을 기대고 눈이 어둠에 적응하기를 기다렸다.

내 심장 뛰는 소리만을 들으며 숨죽이고 있는 동안 단상의 계단이 희미한 윤곽을 드러냈다. 타임머신에서 나와 계단을 내려가려는데 발소리가 들렸다. 얼른 타임머신 뒤로 몸을 숨겼다. 발소리가 점점 가까워졌다. 입안에 고인 침도 삼키지 못하고 얼어붙었다. 누군지 몰라도 들키면 안 될 것 같았다. 도움을 요청할 수 있는 사람이라면 불을 켜고 들어오지 어둠 속에서 나타날 것 같지는 않았다. 발소리가 단상 앞에서 딱 멈췄다. 팔뚝에 소름이 돋았다. 숨도 쉴 수 없었다.

"태임아, 안녕?"

여자 목소리였다. 어떻게 내 이름을 알고 있지?

"거기 숨어 있는 거 알아. 어서 나와."

메마른 목소리가 말했다.

"누, 누구세요?"

"나와 보면 알 거야. 걱정하지 마. 난 널 해치지 않아."

"그걸 어떻게 알아요?"

"난, 태임이 네 편이거든."

내 편이라고? 누군지도 모르는데 내 편이라는 말만으로 울컥 콧속이 뜨거워졌다. 엄마랑 할머니 말고 이 세상에 내 편은 없는 줄 알았는데……. 그렇다고 안심하기는 이르다. 나는 타임머신 뒤에 숨어 고개만 빼꼼 내민 채 물었다.

"그래도 누군지 말해 줘요."

"내가 누구냐고? 한번 맞춰 볼래?"

여자가 짝, 짜작짝, 하고 손뼉을 치자 전시관 천장에 불이 들어왔다. 검은 모자에 과학관 유니폼. 어디서 본 것 같은데……. 기억났다. 푹 눌러쓴 모자 탓에 얼굴을 알아볼 수는 없었지만 아까 우리가 타고 온 에어 버스에 반짝이는 뭔가를 붙이고 간 사람이었다.

"얼굴이 안 보여서 모르겠는데요. 제가 아는 분인가요?"

"그럼, 아주 잘 알지."

여자가 금방이라도 뼈가 튀어나올 듯한 손가락으로 모자를 벗었다. 너무 마른 탓에 푹 꺼진 볼이 드러났다. 어쩐지 눈매가 낯설지는 않았지만 아는 사람은 아니었다.

"가까이 와서 봐야지."

여자가 내려오라는 듯 손가락을 까딱거렸다. 무기는 없어 보였다. 나는 경계하며 계단을 내려와 여자의 앞에 섰다.

"정말 모르겠어?"

"네."

나는 고개를 가로저었다.

"그래? 내가 좀 많이 변하긴 했지? 여기 힌트."

여자가 오른손을 들어 손등을 보여 줬다. 헉, 하트 모양의 점이 있었다. 내 것과 정확히 같은 자리에.

"안녕, 과거의 나."

여자가 눈을 매섭게 뜬 채 입으로만 웃으며 말했다. 아주 오랫동안 웃지 않은 사람처럼 여자의 입가가 미세하게 떨렸다.

"네? 과거의 나라뇨?"

"난 미래, 정확히는 15년 후의 너야."

"15년 후? 제가 정말 미래로 온 거예요? 저 고장 난 타임머신을 타고요?"

"맞아. 작동이 잘되도록 손 좀 봤거든."

"거짓말 말아요."

"거짓말 아닌데?"

"아까 버스 앞에서 봤는데요. 어떻게 그쪽이 15년 후의 나예요?"

"타임머신, 너만 태워 주려고 고쳤겠어? 정 믿기 힘들면 증거를 보여 줄게. 따라와."

여자가 모자를 눌러쓰고는 성큼 앞장서 갔다. 어차피 도망갈 곳도 없었다. 나는 쭈뼛거리며 여자를 따라갔다. 여자는 시간 여행관을 나와 로비로 향했다. 기분 탓일까? 과학관이 어딘지 모르게 낡아 보였다.

"아까 버스에 뭐 붙인 거예요?"

"그걸 벌써 말해 주면 재미없지."

여자는 재미없다는 말이 재미있다는 듯 웃었다.

"자, 밖을 봐."

로비에 멈춰 선 여자가 입구를 가리켰다. 나는 닫힌 유리문 밖으로 보이는 풍경에 입을 벌렸다. 도시의 모습이 완전히 달랐다. 고층 빌딩들이 감쪽같이 사라지고, 텅 빈 들판만 펼쳐져 있었다.

"어, 아파트가…… 없어졌어."

"15년 전보다 인구가 많이 줄었거든. 우리 엄마 같은 자연주의자들이 농사지을 토지를 확보해야 한다고 극성을 부리기도 했고. 어때, 이제 믿을 수 있겠어?"

여기가 15년 후의 미래가 아니라면 달라진 풍경을 어떻게 설명할 수 있을까. 무엇보다 내 앞의 여자가 '미래의 나'가 아니라면, 우리 엄마가 자연주의자라는 사실을 알 리 없다. 인정해야 했다.

나는, 미래로 왔다.

"그쪽이 정말 스물아홉 살이 된 나라고요?"

눈을 크게 뜨고 여자를 올려다봤다. 통통한 나와 뼈대에 피부를 붙여 놓은 것처럼 마른 여자. 아무리 살펴봐도 손등의 점만 빼고는 공통점을 찾을 수가 없었다.

"알아, 내가 너무 말랐지. 식이 장애 때문이야."

"식이 장애? 거식증에 걸렸단 말이에요?"

"맞아. 거울을 볼 때마다 아이들이 놀리고 괴롭히던 걸 떨쳐 낼 수가 없더라. 언제부턴가 먹은 걸 전부 토해 냈지. 영양 캡슐조차도."

애기하는 사이사이, 스물아홉 살의 나는 초조한 듯 자꾸 손목시계를 들여다봤다.

"애들이 놀린 건 하루 이틀이 아니잖아요? 왜 갑자기 거식증에 걸린 거예요?"

"15년 전 오늘 때문이야. 그날 모든 게 바뀌었어. 난 타임머신에 갇힌 채로 정신을 잃었지. 좁고 더운 공간에서 과호흡 증상이 온 거야. 견학 온 일행은 날 두고 떠났고, 과학관 문을 닫고 나서야 경비원이 다 죽어 가던 날 찾아냈어."

"아니야, 애들은 몰라도 선생님이 날 두고 갈 리가 없어요."

"솔 선생은 아리 패거리들이 시간 여행관을 살펴보겠다고 해서 그러라고 했대. 아리는 시간 여행관에 아무도 없다고 거짓말했고, 솔 선생은 직접 찾아보지도 않고 아리의 말을 믿어 버렸어."

그럴 리가 없는데…… 타임머신보다 훨씬 구석진 곳에 있는 이글루에 갇혔을 때도 날 찾아낸 선생님인데…… 믿었던 솔 선생이 나를 찾으러 오지 않았다니 울고 싶은 기분이었다.

"날 찾아보지 않은 이유가 있을 거예요."

"이유야 언제나 있지. 솔 선생은 그날 샌드위치를 먹고 식중독에 걸렸대. 그렇다고 용서할 수는 없어. 난 정말 죽을 뻔했으니까."

식중독에 걸리는 바람에 화장실에 왔다 갔다 했었구나. 하지만 아무리 아팠다고 해도 아리의 말만 듣고 나를 찾아보지 않은 건 역시 서운했다. 스물아홉 살의 내가 나를 쓱 훑어보고는 말을 이었다.

"그날 이후 난 먹기만 하면 토했어. 음식을 먹지 못하니 학교에 갈 수도 없었지. 결국 학교를 그만두고 집에서 공부했어. 몸이 약해지니 마음도 점점 약해지더라. 밖에서 아이들의 웃음소리만 들려도 놀랄 정도였으니까. 하루 대부분을 침대에 붙어 있었어. 마음의 평화를 찾을 수 있었던 건 과학책에 빠져들 때뿐이었지. 그중에서도 양자 역학을 파고들었어. 덕분에 이렇게 빨리 타임머신의 원리를 파악하고 조작할 수 있게 됐어. 체력이 모자라 타임머신 조종사가 될 수 없다면, 타임머신을 발명하는 과학자가 되자고 생각했거든."

"근데 왜 여기 있어요?"

"보다시피 난 과학관 야간 경비니까."

"내 말은 왜 타임머신과 관련된 일을 하지 않느냐는 거예요. 과학자가 되고 싶었다면서요."

"음……. 과학자가 되기 전에 꼭 해야 할 일이 있었거든."

"네?"

"나를 이 꼴로 만든 아이들에게 복수하는 일. 난 오늘을 위해 과학관에 위장 취업했어. 네가 타임머신을 타고 15년 후로 온 것처럼 나도 이걸 타고 과거로 갈 수 있도록 말이지. 그러니까 네가 여기 오기 전 버스 앞에서 본 사람은 15년 전으로 갔던 나야."

"애들한테 복수를? 무슨 복수요?"

"아쉽지만 이제 돌아갈 시간이야."

스물아홉 살의 내가 또 시계를 봤다. 그러더니 내 손목을 잡고 시간 여행관으로 돌아왔다.

"어서 타. 멋진 구경거리를 놓치면 안 되니까."

"아이들한테 무슨 짓을 하려고? 버스에 붙인 게 뭔데요? 아직 말 안 해 줬어요."

나는 타임머신에 올라타며 말했다. 자동으로 문이 내려왔고 계기판에 불이 켜졌다.

"그거? 폭탄이야."

"뭐라고요?"

"폭탄이라고."

스물아홉 살의 나는 손을 오그렸다가 쫙 펴며 입으로 "펑!" 소리를 냈다. 이럴 수가, 15년 후의 나는 악당이었다!

"폭탄? 애들을 다 죽일 셈이에요?"

"응. 그럴 거야."

"살인자가 되겠다고? 안 돼요! 그건 말도 안 되는 짓이라고요!"

"애들이 얼마나 널 괴롭혔는지 잊었어?"

아리 패거리들이 사라져 버렸으면 좋겠다는 생각은 종종 했다. 어느 날은 길가에서 주운 파란색 돌멩이를 문지르며 소원을 빌기도 하고, 어느 날은 그 애들을 저주하는 말로 일기장 한 페이지를 빽빽하게 채웠다. 죽어 버리라는 생각은…… 몇 번한 적은 있지만…….

"모두가 날 괴롭힌 건 아니에요."

나는 그다지 자신 없는 목소리로 말했다.

"그냥 보고만 있어도 마찬가지지."

스물아홉 살의 내가 혀를 찼다.

"안 돼! 그렇다고 사람을 죽여요? 당장 멈춰요!"

"어쩌지? 폭탄은 작동됐고, 이제 나도 어쩔 수가 없어. 우리 인생은 완전히 달라질 거야. 너도 나한테 고마워할걸? 배양육이라는 놀림도, 골동품이라고 불러 댈 아이도 없는 세상. 네가 바라던 행복한 세상이잖아?"

"날 돌려보내 줘요. 당장!"

"그럴 거야. 폭발 1분 전으로 보내 줄게. 네 눈으로 직접 폭발하는 모습을 봐야 하지 않겠어? 그래야 내 기억에도 그 장면이 남을 테니까."

"아니야, 싫어! 그만둬!"

15년 전으로 출발한다는 기계음과 악당이 되어 버린 15년 후의 나의 웃음소리가 섞이다가 '삐이이……' 하는 소리에 묻혀 버렸다. 두 번째의 회전은 더욱 어지럽고 견디기 힘들었지만 정신을 잃지 않으려 이를 악물었다. 곧 폭탄이 터진다. 폭발이 일어나기 전에 솔 선생과 아이들을 구해야 한다.

✳

타임머신의 문이 열리자마자 단상에서 구르듯 내려와 시간 여행관을 뛰쳐나왔다. 로비를 지나 입구를 향해 전속력으로 달렸다. 숨이 찼지만 멈춰 설 틈이 없었다. 입구를 나서자 에어 버스에 올라타는 아이들이 보였다. 버스 앞에 서 있던 솔 선생이 나를 보고 어서 오라는 듯 손짓했다.

"선생님, 모두 내리라고 해요!"

나는 있는 힘껏 외치며 달려갔다. 솔 선생은 못 알아들었는지 찡그린 듯한 미소를 짓고 있었다. 안드로이드 광고 위의 폭탄이 빨갛게 빛났다.

"거기, 폭탄이요! 다들 내리라고! 내려요!"

내 큰 목소리가 들리지 않는지 솔 선생은 버스에 올라탔다.

"안 돼요! 안 된다고!"

양손을 머리 위로 흔들며 버스를 향해 달려갔다. 다음 순간, 고막이 터질 듯한 굉음을 내며 버스가 폭발했다. 시뻘건 불길에 휩싸인 버스, 사람들의 비명. 바닥에 쓰러진 나는 나조차도 알아들을 수 없는 말을 외치며 울부짖었다. 사이렌 소리가 들리고, 주황색 옷을 입은 대원들이 나를 안아 구급차에 태울 때까지 발버둥 치며 오열했다.

내가 할 수 있는 일

천장은 흰색이었다. 눈에 초점이 맞춰지자 갈매기 모양의 무늬들이 보였다. 팔에는 주삿바늘이 꽂혀 있고, 바늘과 연결된 줄에는 큼지막한 수액 봉지가 달려 있다. 나는 병원에 있었다. 화장실에서 물 내리는 소리가 들리더니 엄마가 나왔다. 엄마는 눈을 둥그렇게 뜨고 내게 다가왔다.

"이제 일어났어? 놀랐지?"

침대 가까이 온 엄마가 내 머리를 끌어안으며 말했다. 버스가 폭발하는 장면이 눈앞에서 일어나는 것처럼 선명하면서도 아주 오래전 일어난 일처럼 아득하게 느껴졌다. 생생한 악몽을 꾸고 깨어났을 때와 비슷한 감각.

"엄마……."

나는 엄마의 허리를 끌어안았다. 엄마는 내 손을 부드럽게 움켜쥐고 침대 옆의 동그란 의자를 끌고 와 앉았다. 나를 바라보는 엄마의 눈이 붉었다.

"태임아, 그 사고는······."

엄마가 할 말을 찾는 듯 말끝을 흐렸다. 언제나 단호하게 말끝을 맺던 평소의 엄마와는 다른 모습이었다.

"친구들을 잃어서 마음 아프겠지만······."

친구들이라는 말에 위화감을 느꼈다. 엄밀히 말하면 나는 '친구들'을 잃지 않았다. 애당초 그 애들은 같은 반 아이들이었을 뿐, 내 친구가 아니었으니까. 그렇다고 스물아홉 살의 내가 말했던 것처럼 속이 후련하지는 않았다.

"우리 딸이 죄책감······ 미안한 감정 가지지 않았으면 좋겠어."

엄마는 떨리는 목소리로 띄엄띄엄 말하며 내 앞머리를 쓸어올렸다. 내가 지금 느끼는 감정을 죄책감이라고 할 수 있을지 모르겠다. 엄마야 미래의 내가 범인이라는 걸 모르니, 혼자 살아남은 걸 미안해하지 말라는 의미로 말했을 것이다. 하지만 내게 죄책감이라는 말은 다른 무게로 다가왔다. 15년 후의 내가 끔찍한 범죄를 저질렀다.

"좀 더 자."

엄마가 나를 침대에 눕혀 주고 밖으로 나갔다. 누군가와 통화하려는 것 같았다.

나는 천장을 올려다봤다. 미래의 내가 저지른 일에 대해 현재의 내가 할 수 있는 일이 있을까? 이대로 받아들여야만 하는 걸까? 약 기운 때문인지 자꾸만 눈이 감겼다.

✳

병원에서의 시간은 더디게 흘렀다. 딱히 아픈 곳도 없는데 병원에서 주는 싱거운 밥과 국을 먹고, 팔에는 수액을 매달고 다녔다. 노란 비타민 주사도 맞았지만 기분은 나아지지 않았다.

"엄마, 내일은 퇴원하면 안 돼?"

사흘째 되던 날 저녁이었다. 더는 참을 수가 없었다.

"안 돼. 더 쉬어야지."

"집에 가고 싶어. 한가하니까 자꾸 사고 생각만 나는 것 같아."

"그러니까 상담 선생님께 털어놓으라고. 혼자 삭이려고 하지 말고."

"나 별로 안 힘들다고."

"엄마 말 들어. 아직 수업 듣기는 힘들 거야."

나는 엄마를 노려봤다. 엄마는 내게 선택권을 주지 않는다. 15년 동안 살면서 나는 엄마의 뜻을 거스른 적이 거의 없었다. 딱 한 번, 자연의 학교◆에 가지 않기 위해 일주일 동안 단식한 것만 빼고.

"나 학교 가고 싶다고."

"그래, 알았으니까 한잠 자."

알았다고? 엄마가 순순히 퇴원시켜 줄 리가 없는데?

아니나 다를까. 사고 소식을 들은 할머니가 병원에 찾아왔다. 나는 어렸을 때 나를 돌봐 준 할머니 말에는 꼼짝 못 하는 편이다.

"올 태임이, 푹 쉬어야지. 할머니랑 얘기도 많이 하자."

결국은 꼬박 일주일을 채우고 나서야 퇴원할 수 있었다.

월요일 아침, 엄마는 고물차로 나를 학교에 데려다줬다. 엄마로 말하자면 내가 초등학교에 입학하고 나서 한 번도 학교에 데려다준 적이 없다. 나는 언제나 자전거를 타고 다녔다.

빨간 신호에 걸릴 때마다 내 옆얼굴을 훔쳐보던 엄마가 물

◆자연의 학교: 자연주의자들이 신념에 따라 만들고 주로 그 자녀가 다니는 학교.

었다.

"정말 괜찮겠어?"

"괜찮다고. 정말 괜찮아요."

학교에 도착해, 차에서 내리는데 엄마가 내 이름을 불렀다.

"태임아."

"응?"

"이따 수업 끝나는 시간 맞춰서 데리러 올게."

"어? 왜?"

"우리 딸이랑 같이 시간 보내려고."

"엄마는 학교에 가야 하잖아?"

엄마는 자연의 학교에서 미술 과목을 가르치고 있다.

"괜찮아. 학교에는 휴가 냈어."

그렇게까지 하지 않아도 되는데……. 입에서 한숨이 나왔다. 엄마는 내 한숨을 오해했는지 걱정스러운 얼굴로 나를 보다가 눈이 마주치자 얼른 미소를 지었다. 나도 마주 웃어 주려 했지만 또 한숨만 쉬고 말았다.

오늘부터 옆 반 아이들과 함께 수업을 듣는다. 창 너머로 본 우리 반은 텅 빈 폐가 같았다. 애써 무심한 척 지나가려는데 뒷문이 반쯤 열려 있었다. 나는 습관처럼 우리 반으로 들어갔다.

그리고 내 자리에 앉았다. 빈 의자들을 보니 기분이 이상했다. 미래의 내가 버스에 폭탄을 설치하지 않았다면 아이들은 지금 의자에 앉아 떠들고 있을 것이다.

교실에서 나와 옆 반으로 들어갔다. 옆 반 아이들은 자리에 앉아 수업 준비를 하고 있었다.

"태임이 왔니. 거기 창가 빈자리에 앉으면 되겠다."

옆 반 담임이 반기는 얼굴로 말했다. 아이들의 시선이 일제히 내게 쏠렸다. 대부분 복도에서 마주친 낯익은 얼굴이었다. 그런데도 같은 반에서 공부한다니 실감이 나지 않았다. 엄마의 말이 부분적으로는 맞았다. 나는 아직 수업을 들을 준비가 되어 있지 않았다.

어느새 옆에 온 담임이 내 어깨를 가볍게 두드렸다.

"태임아, 힘들면 언제든지 보건실 가서 쉬어도 돼."

보건실이라는 말에 귀가 솔깃했다. 1교시는 마침 담임의 수업이었다. 나는 1교시가 시작하고 얼마 지나지 않아 잔뜩 풀 죽은 표정으로 손을 들었다.

"어, 태임아."

"선생님, 저 보건실에 갈게요."

"그럴래? 반장, 태임이 좀 데려다주고 와."

"아니에요. 혼자 갈 수 있어요."

책가방을 손에 들고 교실을 나왔다. 담임은 아무 말도 하지 않았다. 보건실이 아니라 집에 간다고 해도 말리지 않았을 것이다. 복도를 지나 신발장 앞에 갔는데 캐리어를 끌고 온 할머니 한 분이 입구에서 쭈뼛거리고 서 있었다.

"학생, 여기 교무실이 어디예요?"

"네? 저쪽…… 제가 안내해 드릴게요."

나는 할머니를 교무실까지 바래다주기로 했다. 할머니의 표정이 금방이라도 울음이 터질 것 같아 그냥 지나칠 수가 없었다. 조용한 복도에 캐리어 바퀴가 굴러가는 소리만 들렸다.

"여기예요."

할머니에게 교무실 문을 열어 주며 말했다. 할머니는 안으로 들어가지 않고 나를 보았다.

"저기……."

"네?"

"송이솔 선생 자리는 어디죠?"

어쩐지 낯이 익다 했더니 솔 선생의 어머니인가 보다. 나는 교무실 문을 열고 솔 선생의 자리로 갔다. 할머니가 쪼그리고 앉아 캐리어를 열었다. 솔 선생의 짐을 담아 갈 모양이다. 무심코 책상 위를 봤다. 자그마한 액자에 에그를 찍은 사진이 있었다. 반투명한 에그 속에 아기의 모습이 흐릿하게 비쳤다.

"불쌍한 것, 아기 나오는 것도 못 보고……."

할머니가 액자를 쥐고 끝내 울음을 터트렸다. 순간, 심장이 요동쳤다. 누군가가 꽉 쥐었다 놓은 것처럼 쿨렁거렸다. 허둥지둥 교무실에서 나와 운동장 뒤편으로 달려갔다. 학교를 벗어나기 위한 핑계였을 뿐, 애당초 보건실에 갈 생각은 없었다.

운동장 뒤편에는 내 자전거가 세워져 있었다. 과학관 견학을 가던 날, 집에서 학교까지 타고 와서 세워 둔 자전거였다. 무작정 자전거에 탔다. 페달을 밟았다. 눈물이 나와 자꾸만 눈앞이 흐려졌다. 별수 없이 갓길에 자전거를 세웠다.

나는 지금까지 그날의 일을 하나의 사건으로만 인식하려 했다. '미래의 나'는 나랑은 다른 사람이라며, 내게 직접적인 책임은 없다며 외면했다. 하지만 그 사건에는 내가 얽혀 있다. 그 사건으로 인해, 한 아기가 엄마를 잃었다. 한 여자는 딸을 잃었고, 그건 우리 반 아이들의 부모, 그 애들의 형제자매도 마찬가지일 것이다. 스물아홉 살의 내가 한 일을 방관해서는 안 된다. 그래서야 나도 아리 패거리와, 그 애들을 못 본 척하던 반 아이들과 다를 것 없는 인간이다.

나는, 내가 할 수 있는 일을 하기로 했다.

최초의 타임머신을 타고 과거로 가서 사고를 막아야 한다. 타임머신이 작동되리라는 보장은 없다. 그렇지만 적어도 시도는 해 봐야 한다. 엄마 없이 태어날 솔 선생의 아기를 위해서라도.

교복 소매로 눈물을 닦았다. 그리고 다시 자전거에 올라탔다. 과학관까지의 길은 외우고 있다. 한 번도 성공한 적은 없지만 주말마다 엄마 눈을 피해 과학관에 가려고 했었으니까. 나는 과학관을 향해 전속력으로 달렸다. 숨이 차고 허벅지가 뻐근했지만 멈추지 않았다.

저도 미래에서 왔거든요

　마침내 과학관에 도착했다. 입에서는 단내가 나고 교복 셔츠는 땀에 젖어 등에 들러붙어 있었다. 숨을 몰아쉰 뒤, 손등으로 이마의 땀을 닦아 내며 무인 발권기에서 입장권을 샀다.

　시간 여행관에는 한 무리의 단체 관람객이 있었다. 나는 홀로그램을 보는 척하며 사람들이 전시관에서 나갈 때를 기다렸다. 단체 관람객들은 좀처럼 나갈 기미가 보이지 않았다. 게다가 안내 로봇까지 안으로 들어왔다. 안내 로봇은 단체 관람객이 아닌 내 쪽으로 다가왔다.

　"학생, 시간 여행에 대해 궁금한 점이 있나요? 제가 도와드릴게요."

　안내 로봇이 내 앞에 서서 물었다. 로봇의 눈에는 멀뚱히 서 있는 내가 도움이 필요한 사람처럼 보였나 보다.

"아, 아니요. 괜찮아요."

"제 도움이 필요하면 언제든지 여기 있는 버튼을 눌러 주세요."

로봇이 벽에 붙은 호출 버튼을 가리켰다. 빨리 가라. 내 앞에서 사라지는 게 도와주는 거야. 나는 아무 문제도 없다는 듯 로봇을 향해 억지 미소를 지었다. 로봇은 내 표정을 인식한 듯 검은 액정 위에 스마일 표시를 나타냈다.

"그럼 즐거운 관람 되시길 바랍니다."

내게서 물러난 안내 로봇은 단체 관람객들에게도 도움이 필요한지 확인한 다음 전시관 밖으로 나갔다. 곧이어 관람객들도 우르르 몰려 나갔다. 이제 전시관 안에는 나밖에 없었다. 재빨리 타임머신에 올라탔다. 두근두근 심장이 마구 뛰었다.

타임머신이 과연 작동할까? 심호흡하며 마음을 가다듬었다. 그날은 일주일 전이다. 로비에서 아이들이 흩어진 시간은 11시. 2123년 9월 20일 오전 11시로 가자. 손가락을 쫙 펴고 손바닥 모양의 패드에 손을 올렸다. 하나, 둘, 셋…… 나지막이 숫자를 세며 손바닥에서 땀이 배어 나올 때까지 꾹 누르고 있었다. 열까지 셌지만 아무 일도 일어나지 않았다. 잔뜩 굳었던 어깨에서 힘이 빠져나갔다. 15년 후의 내가 작동하도록 손을 봤으니 아직 유효할 줄 알았는데…….

사람들이 들어오기 전에 타임머신에서 내리려는데 운동화 끈이 풀어져 있었다. 좁은 선체 안에서 한껏 몸을 웅크리고 운동화 끈을 묶었다.

"거기 학생, 빨리 타임머신 밖으로 나와요."

성난 목소리가 전시관 안에 울렸다. 깜짝 놀라 고개를 들다 계기판 아래쪽에 머리를 박았다. 뒤통수에서 불이 번쩍 났다. 그냥 부딪힌 정도가 아니라 볼록 튀어나온 물체가 머리를 파고드는 느낌이었다. 딸깍하는 소리를 들은 것도 같았다. 고개를 꺾어 위를 봤더니 뾰족한 삼각뿔 모양의 버튼이 있었다. 이건 혹시, 시동 장치?

"빨리 내려오라니까요."

과학관 유니폼을 입은 직원이 잔뜩 일그러진 얼굴로 계단을 올라왔다. 나는 급하게 몸을 일으켜 앉았다. 그리고 계기판의 손바닥 모양에 내 손을 겹쳤다. 위이이잉, 소리가 나며 좌표에 청록색 불이 들어왔다. 빙고!

목적 시를 입력해 주세요.

이제는 익숙하기까지 한 기계음이 들렸다. 그사이 계단 끝까지 올라온 직원은 손을 뻗어 나를 잡으려 했다.

"2123년 9월 20일 오전 11시!"

나는 최대한 정확한 발음으로 외쳤다. 문이 닫히고 타임머신이 회전하기 시작했다. 당황한 직원의 얼굴이 믹서기에 돌린 과일처럼 휙휙 돌아가다가 어느 순간 사라졌다. 눈을 제대로 뜰 수 없을 정도로 빠르게 돌던 선체가 '삐이이' 소리를 내며 멈췄다. 지난번보다 회전 시간이 짧게 느껴지는 건 기분 탓일까?

목적 시에 도착하셨습니다. 과거에 오신 것을 환영합니다.

어질어질한 머리를 곧추세우며 타임머신에서 내렸다. 내가 할 일은 단순하다. 아이들과 솔 선생을 버스에 타지 못하도록 막는 것. 단순하다고 쉬운 것은 아니다. 이 일에는 두 가지 넘어야 할 장애물이 있다. 하나는 버스에 타지 않도록 설득하는 일이다. 미래의 내가 폭탄을 설치했다고 말할 수는 없다. 다른 하나는 일주일 전의 나와 마주치지 않는 일이다. 둘이 함께 있는 걸 다른 애들–특히 아리 패거리–이 보기라도 한다면 한바탕 소동이 벌어질 것이다.

가장 먼저 솔 선생을 찾아야 한다. 나는 반 아이들의 눈에 띄지 않도록 로비로 나가 기둥 뒤로 숨었다. 그런데 로비에 있어야 할 솔 선생과 아이들이 보이지 않았다. 벌써 흩어졌나? 내가 시간을 착각했나? 아니, 그럴 리가 없다. 12시에 다시 모이자며 솔 선생이 과학관의 벽시계를 가리켰을 때 시간은 정확히 오전 11시 8분이었다. 솔 선생은 어디 있을까? 우리가 견학하는 동안 과학 쇼를 준비하겠다고 했으니 과학관 어딘가에 있는 건 확실하다.

"이게 누구야? 배양육, 너 언제 쫓아왔어?"

반갑지 않은 목소리. 아리였다. 하필이면 아리가 나를 발견하다니.

"어? 너희랑 같이 왔지."

"뭐? 너 배 아파서 버스에 남겠다며? 아하, 화장실이 급하신가? 그러게 샌드위치 좀 작작 먹지 그랬어."

아리가 허리에 손을 얹고 느릿느릿 말했다. 내가 배탈이 났다고? 이상하다. 그날 배가 아픈 건 솔 선생이지 내가 아닌데……

"선생님은? 어디 계셔?"

"너 진짜 많이 아프구나. 어디 계신 줄 안다고 너한테 가르쳐 주겠어?"

아리가 순순히 말해 줄 리가 없다. 아무리 급해도 아리랑 대화할 생각을 하다니……. 나는 고개를 저으며 돌아섰다.

"잠깐, 너 옷 갈아입었냐?"

아리가 내 앞을 가로막으며 물었다. 지금 내가 입고 있는 옷은 교복이다. 일주일 전 그날에는 견학 온다고 다들 후드 티에 청바지 같은 가벼운 차림을 했다. 나도 예외는 아니었다. 역시 아리와 얘기해서 득 될 건 없다. 혼자서 뭐라 떠들어 대는 아리를 뒤로 하고 입구의 안내 데스크로 향했다.

"여기 과학 쇼 준비하는 곳이 어디예요?"

나는 데스크에 있는 안내 로봇에게 물었다.

"죄송합니다. 전시관 이외의 정보는 제공하고 있지 않습니다."

"오늘 우리 반 학생들과 함께 견학 온 선생님을 찾고 있어요. 좀 도와주세요."

"죄송합니다. 개인 정보 및 사생활 보호 차원에서 관람객들의 위치 정보는 추적되거나 기록되지 않고 있습니다."

"제 말은, 우리 반 아이들이 견학을 왔고 선생님이 12시에 과학 쇼를 하신다고 했단 말이에요. 여기 직원 분하고 같이요."

"죄송합니다. 과학 쇼는 오늘 행사 일정에 없습니다."

과학 쇼가 일정에 없다니 이상했다. 안내 로봇도 솔 선생을 찾는 데 별 도움이 될 것 같지 않았다. 어딘가에 과학관 직원이 있다면 좋을 텐데, 주변을 둘러봐도 안내 로봇들만 보일 뿐 직원은 없었다.

계획을 바꿔 주차장으로 갔다. 버스에 폭탄이 붙어 있는지부터 확인해야 했다. 어째서인지는 몰라도 일주일 전과 상황이 묘하게 다르다. 어쩌면 폭탄도 사라지지 않았을까?

✳

막연한 기대와 달리 폭탄은 어김없이 그 자리에 붙어 있었다. 달라진 점이 있긴 했다. 버스의 광고판이 그날과 달랐다. 그날은 분명 신형 안드로이드 광고가 있었는데, 내 눈앞에 있는 건 유기농 세제 광고였다. 나는 폭탄 가까이 다가갔다. 손톱으로 떼면 똑 떨어질 것 같은 모양이었지만 함부로 손을 댔다가는 무슨 일이 일어날지 알 수 없었다. 영화에서 본 것처럼 떼어내는 동시에 폭발할지도 모른다고 생각하니 온몸의 털이 삐죽 솟구쳤다. 그때 검은 그림자가 버스 뒤로 지나쳐 갔다. 푹 눌러쓴 검은 모자, 과학관 유니폼, 빼빼 마른 몸. 15년 후의 나였다. 나는 재빨리 쫓아가며 이름을 불렀다.

"한태임씨, 거기 서요!"

내 목소리를 들은 스물아홉 살의 나, 모든 사건의 원흉이 나를 돌아봤다.

"어? 네가 왜 여기 있어?"

그가 몹시 당황한 듯 말했다. 얼굴은 모자에 가려 잘 보이지 않았다.

"저도 미래에서 왔거든요."

"뭐라고?"

"기억나요? 우리 일주일 전에 만났는데. 그쪽이 날 15년 후로 데려갔잖아요."

"말도 안 돼."

"그쪽이 폭탄을 설치한 건 말이 되고요?"

그제야 스물아홉 살의 나는 모자챙을 들어 올리고 내 얼굴을 관찰하듯 들여다봤다.

"정말이야? 네가 미래에서 왔다고? 어떻게?"

"타이미 011호를 타고 왔죠. 그쪽이 손본 덕분에 작동이 잘 되던데요."

새삼 스위치에 부딪혔던 뒤통수가 찌릿찌릿 아팠다.

"그래? 내가 고친 타임머신이 또 작동했단 말이지?"

스물아홉 살의 내가 턱에 검지를 대고 오른쪽으로 고개를 기울였다. 내가 뭔가를 골똘히 생각할 때 하는 행동이다. 나와 똑같은 버릇을 갖고 있다니. 그가 동일인이라는 걸 새삼 확인해 주는 것 같아 소름이 돋았다.

"이러고 있을 때가 아니에요. 빨리 폭탄을 제거하세요."

"가만히 좀 있어 봐. 지금 상황이 이상하잖아. 나도 여기 두 번째 온 거란 말이야."

"네? 그게 무슨 말이에요?"

"네가 나랑 일주일 전에 만났던 태임이라면 버스가 폭발하는 걸 본 거지?"

뻔뻔하다. 어떻게 저런 말을 얼굴색 하나 변하지 않고 할 수 있을까?

"그쪽이 여기 두 번째로 왔다면, 설마…… 오늘 또 폭탄을 설치했다는 말이에요?"

"응."

"미쳤어요?"

"미친 게 아니야. 일주일 전에 그 일을 벌였는데도 내 삶은 조금도 변하지 않았어."

스물아홉 살의 내가 눈을 한껏 치켜뜨며 말했다. 푹 꺼진 눈두덩 때문에 눈이 두 배는 커 보였다.

"원래 과거가 바뀌면 나비 효과처럼 미래도 줄줄이 바뀌어야 하잖아? 그렇지 않다면 시간 여행을 한 의미가 없으니까. 그런데 내 꼴을 봐. 난 바뀐 게 하나도 없어. 여전히 영양 캡슐 하나 삼킬 수 없다고."

스물아홉 살의 나는 몹시 흥분한 듯 떠들어 댔다. 그가 미래에서 두 번째 왔든 열두 번째 왔든, 내게는 하나도 중요하지 않다. 중요한 건 어떻게 그를 설득해 폭탄이 터지는 걸 막는가다.

"당장 폭탄을 제거하지 않으면 우리도 죽을 거예요."

"어째서?"

"오늘 견학 온 태임이는 버스 안에 있으니까요."

"태임이가 버스 안에 있다고?"

"네."

"확실해?"

"그렇다니까요."

"태임이가 버스 안에 있고, 넌 미래에서 왔다는 거지?"

흠, 스물아홉 살의 내가 무언가를 알아냈다는 듯 크게 고개를 끄덕였다.

"난 이만 가 봐야겠다."

"네?"

"왜 미래가 바뀌지 않았는지 알아냈어."

"왜 그런데요?"

"너도 네 힘으로 알아내든가."

"잠깐만! 폭탄은 없애고 가야죠?"

"미안하지만 폭탄을 제거할 방법은 없어."

"버스 안의 태임이가 죽는다니까요?"

"정 걱정되면 네가 구해 주면 되겠네. 그래도 현재를 너무 오래 비워 두진 마."

스물아홉 살의 내가 과학관 안으로 달려갔다. 저런 무책임한 인간 같으니. 식식대며 버스에 타려는데 아리 패거리가 다가왔다. 나는 주차장 화단의 나무 뒤로 숨었다. 저 애들한테 내 존재를 들키면 일이 더 복잡해질 것이다. 두 명의 '태임이'를 보고 얌전히 넘어갈 애들이 아니니까. 반 아이들이 버스에 타는 걸 막기는커녕 옥신각신하다가 전부 죽게 될지도 모른다. 젠장, 시간이 얼마 남지 않았다. 솔 선생은 어디에 있는 걸까? 다시 과학관으로 돌아가야 할까? 이러지도 저러지도 못하고 있는데 뒤쪽에서 귀에 익은 목소리가 들렸다.

"애들아, 뛰면 안 돼. 천천히!"

솔 톤의 목소리! 솔 선생이었다. 솔 선생이 아이들을 데리고 천체관에서 나오고 있었다. 원래대로라면 과학관에서 과학 쇼를 준비하고 있을 시간이다.

나는 점점 더 불안해졌다. 이곳은 내가 경험했던 '그날'이 아니다. 솔 선생이 아니라 내가 배탈이 난 것도 그렇고, 달라진 버스 광고판도, 스물아홉 살의 내가 여기에 두 번째 왔다는 것도, 지난번 사건 이후에 아무것도 바뀌지 않았다는 것도 이상했다.

"너 정체가 뭐야?"

또다시 반갑지 않은 목소리가 들렸다. 어느 결에 왔는지 아리가 내 옆에 바짝 붙어 있었다.

"너 빨리 선생님한테 가서 버스에 타지 말라고 해. 버스에 폭탄 있다고."

나는 아리에게 말했다. 위급한 상황이니 적인지 아군인지 따질 틈이 없었다.

"뭔 헛소리야? 나 좀 전에 버스 안에 있는 너 보고 왔어. 아직도 배 아프다고 식은땀 흘리고 있던데? 당연히 교복도 안 입었고. 너 진짜 뭐야?"

"시간 없으니까 내 정체는 따지지 마."

"뭐냐니까? 너 설마 도플갱어 같은 거냐?"

53

"그런 게 중요한 게 아니라니까. 일단 내가 시키는 대로 해."

"이게 어디서 하라 마라야? 너 이리 와 봐. 나랑 같이 버스에 타야겠다. 도플갱어를 보면 죽는다던데. 재밌겠지?"

아리와 입씨름하고 있을 시간이 없다. 솔 선생과 아이들이 벌써 버스에 올라타고 있었다. 앞뒤 가릴 때가 아니다. 나는 버스를 향해 달려가며 외쳤다.

"선생님, 안 돼요! 빨리 내려요! 버스에 폭탄이……."

마지막 말은 폭발음에 묻혀 들리지 않았다. 어마어마한 굉음이 울렸고 뜨거운 공기가 아리와 나를 밀어냈다. 우리는 세찬 파도에 떠밀린 것처럼 뒤로 날아가 엉덩방아를 찧었다. 주홍색 불길이 발치에 닿을 듯 넘실거렸다. 나는 일주일 전보다 훨씬 가까운 곳에서, 검은 연기를 내며 타들어 가는 버스를 보았다. 기침이 터져 나왔고 숨이 막혔다. 아리도 숨이 넘어갈 듯 기침을 해 대며 울부짖었다.

아이들을, 솔 선생을, 심지어 버스에 있는 나조차도 구하지 못했다. 과거의 내가 죽었으니 논리적으로 따지면 미래의 나도 존재할 수 없다.

나는…… 이대로 사라지는 걸까?

이건 평행 세계에 관한 이야기야

사이렌 소리에 아득했던 정신이 돌아왔다. 아리는 얼굴을 감싼 채 주저앉아 흐느끼고 있었다. 엉덩이에 콘크리트의 차가운 감촉이 느껴졌다. 살아 있나? 실감이 나지 않아 양손으로 얼굴과 몸을 마구 더듬었다.

나는, 사라지지 않았다.

살아 있다는 기쁨보다 '어떻게?'라는 물음이 머릿속에서 더 크게 울렸다. 일주일 전의 나, 과거의 내가 사고로 죽었는데 어떻게 나는 살아 있을까?

'현재를 너무 오래 비워 두진 마.'

스물아홉 살의 내가 했던 말이 떠올랐다. 그 말을 뱉은 다음 바로 가 버린 걸 보면 실없이 하는 소리 같지는 않았다. 일단 내 시간대로 돌아가야 한다. 나는 과학관을 향해 달리기 시작했다.

"야, 너 어디가! 한태임!"

아리의 울음 섞인 목소리가 뒤통수에 꽂혔지만 멈추지 않았다. 로비에는 폭발음에 놀란 사람들이 모여 창밖을 내다보고 있었다. 사람들 사이를 비집고 시간 여행관에 갔다. 전시관 안에는 아무도 없었다. 눈치 볼 필요도 없이 타임머신에 올라탔다. 계기판 아래의 전원 버튼을 누르고 차가운 패드에 손바닥을 올렸다. 그리고 청록색 불이 켜지자마자 외쳤다.

"내가 출발한 시간으로 데려다줘!"

2123년 9월 27일. 오전 10시 53분으로 가겠습니다.

기계음이 울렸고 계기판에 열두 자리 숫자가 찍혔다. 또다시 회전이 시작됐다. 전속력으로 코끼리 코를 도는 것처럼 머리가 빙빙 돌고 속이 울렁거렸다. 그나마 네 번째 탑승이라 처음보다는 견딜만했다. 다만 타임머신이 멈추는 순간 들리는 '삐이이' 소리는 참기 어려웠다. 귀를 막아도 파고드는 가늘고 높은 소리.

목적 시에 도착하셨습니다.

어지러움을 추스르며 타임머신 밖으로 나가려다 그대로 멈췄다. 단상 아래 과학관 유니폼을 입은 직원들이 모여 있었다. 얼핏 봐도 스무 명은 넘어 보였는데 맨 앞에 있는 사람은 알아

볼 수 있었다. 아까 타임머신에 올라탔을 때 말리려고 손을 뻗던 직원이었다. 나머지 사람들은 타이미 011호가 작동했다는 사실을 믿을 수 없다는 듯 입을 떡 벌리고 있었다.

"학생, 거기서 내려와요."

누군가 아기를 달래듯 부드러운 목소리로 말했다. 그렇지만 나는 내릴 수 없었다. 전시물에 멋대로 탔다고 혼나는 건 둘째 치고, 다른 사람들도 타이미 011호가 작동한다는 걸 알게 됐으니 다시는 타지 못할 확률이 높았다. 그건, 지금이 아니면 과거를 바로잡을 기회가 영영 안 올지도 모른다는 뜻이다.

직원들이 계단을 올라왔다. 서둘러 타임머신을 구동시켰다. 문이 닫히고 계기판이 반짝거렸다. 어쩌면 이번이 마지막 시간여행일지도 모른다. 마지막 기회를 헛되이 써서는 안 된다. 사고가 났던 날로 돌아가는 건 좋은 방법이 아니었다. 그렇다면 원인을 제거해야 한다. 15년 후의 나를 만나서 폭탄을 설치하지 못하게 막아야 한다. 나는 스물아홉 살의 한태임이 사고를 일으키기 전날 밤으로 가기로 했다.

"문 열어! 어서 나오지 못해!"

화가 난 직원이 문을 쿵쿵 두드렸다.

"2138년 9월 19일 20시!"

목적 시각을 알아들었다는 듯 타임머신이 낮은 소리를 내며 회전했다. 겨우 적응했다고 생각했지만 두 번 연속 시간 여행이라니 견디기 힘들었다. 회전 속도는 더욱 빠르고, 회전 시간은 더욱 길었다. 이동하는 시간이 길수록 회전 시간도 오래 걸리는 것 같았다. 속이 울렁거리다 못해 끝내 헛구역질을 하는데 타임머신이 멈췄다.

목적 시에 도착하셨습니다. 미래에 오신 것을 환영합니다.

성공을 알리는 기계음이 들려왔다. 15년 후의 미래에, 두 번째로 온 것이다. 지난번에는 스물아홉 살의 내가 계획한 대로 끌려왔지만 이번에는 순전히 나의 선택이었다. 잔뜩 비뚤어진, 아니 인격 파탄자가 되어 버린 미래의 나를 잘 설득해야 한다.

타이미 011호의 문이 열리기를 기다렸다가 어둠 속으로 나왔다. 그리고 스물아홉 살의 내가 그랬던 것처럼 손뼉을 쳤다. 짝, 짜작짝. 전시관 안은 여전히 어두웠다. 이게 아니었나? 짝짝짝, 짝자작짝짝, 박자를 달리해 봤지만 불은 켜지지 않았다.

"손뼉으로 불 켜는 건 너무 구식이라서 말이야."

어둠 속에서 검은 그림자가 나타났다. 나는 목에서 이상한 소리를 내며 펄쩍 뛰었다.

"미안, 놀라게 할 생각은 없었어. 암튼 잘 왔다. 기다리고 있었거든."

익숙한 목소리, 15년 후의 나였다. 다행이다. 여기 오면 만날
거란 예상이 틀리지 않아서.

"내가 올 줄 알고 있었어요?"

"당연하지. 15년 전 일도 기억 못 할까 봐?"

'미래의 나'가 상냥한 목소리로 말했다. 그사이 무슨 일이 있
었나? 내가 만났던 스물아홉 살의 나는 말투가 상당히 까칠했
는데……. 눈이 서서히 어둠에 적응했고, 여자의 형체가 희미
하게 보였다.

"플루토, 불 켜."

전시관 안이 환하게 밝아졌다. 깔끔히 빼입은 정장, 윤기 있
는 단발머리, 통통한 볼살……. 내 앞에 있는 사람은 내가 만났
던 '15년 후의 나'가 아니었다.

"누구…… 세요?"

"누구긴, 난 15년 후의 너지."

"아, 아닌데…… 내가 만났던 사람은……."

단상 아래로 내려가던 나는 말을 멈췄다. 지금 내가 보고 있
는 사람은 지난번 만났던 -야간 경비원으로 위장 취업한- 한
태임보다 훨씬 나랑 닮아 있었다.

"알아, 알아. 궁금한 게 많지?"

"네……."

"지금부터 그 얘기를 해 줄게. 나랑 같이 관장실로 가자."

"관장실이요? 왜요?"

"거기가 내 방이니까."

미래의 내가 찡끗 윙크하고는 앞장섰다. 15년 후의 내가 복수에 불타는 악당이 아니라 과학관 관장이라고?

✳

한태임 관장을 따라 로비 가운데 있는 계단을 올라갔다. 2층에 있는 구름다리를 지나 전시관 옆 건물로 이동했다.

"내 방은 맨 꼭대기 층에 있어."

관장이 유리로 된 엘리베이터를 타고 15층을 눌렀다. 투명한 엘리베이터 밖으로 높다란 빌딩들과 화려한 홀로그램 광고들이 보였다.

"여기 정말 2138년이 맞아요?"

"응. 왜?"

"지난번에 왔을 때는 들판밖에 없었거든요."

"처음 갔던 미래 세계는 확실히 그랬지."

관장이 먼 옛날 일을 떠올리는 듯 눈을 가느스름하게 뜨며 말했다. '처음 갔던 미래 세계'라니……. 뭔가 놓친 게 있는 거 같은데 그게 뭔지 잘 떠오르지 않았다. 이럴 때 핫초코라도 마시면 머리가 잘 돌아갈 텐데.

15층에서 내려 복도를 지나 '관장실'이라는 표지판이 붙어 있는 문을 열었다.

"관장실에 오신 것을 환영합니다."

관장이 익살스럽게 말했다. 달콤한 핫초코 냄새가 코에 달라붙었다. 나도 모르게 침을 꼴깍 삼켰다. 관장실은 학교 교실만 한 크기였다. 벽을 둘러싼 책장과 길쭉한 나무 책상이 가장 먼저 눈에 들어왔다. 책상 위에는 미니어처 공룡, 인체 모형, 크리스털로 만든 지구본 같은 것들이 무질서하게 놓여 있었다. 그리고 지구본 옆에 '관장 한태임'이라는 명패가 반짝였다.

"그쪽에 앉아."

관장이 소파가 여섯 개 딸린 손님용 테이블을 가리켰다. 나는 창이 보이는 쪽에 앉아 번쩍이는 홀로그램 광고를 내다봤다. 관장은 테이블 위의 전기 포트를 들어 은색 컵에 따랐다. 방 안에 초콜릿 냄새가 더욱 진하게 퍼졌다.

"시간 여행하느라 지쳤지? 우리 이것 좀 마시면서 얘기하자."

관장이 내게 은색 컵을 내밀었다. 겉은 하나도 뜨겁지 않았지만 안에는 김이 모락모락 나는 핫초코가 찰랑거렸다. 컵에 입을 갖다 대고 입김을 분 다음 핫초코를 한 모금 마셨다. 달콤한 맛이 입안에 퍼지자 온몸의 긴장이 풀렸다. 관장도 테이블 위에 걸터앉아 기분 좋은 표정으로 핫초코를 마셨다. 왼손으로 손잡이를 쥐고 오른손으로 바닥을 받친 모습이 나랑 똑같았다. 핫초코를 한 모금 더 마시자 잠들어 있던 뇌세포가 깨어났고, 흩어져 있던 생각들이 퍼즐처럼 맞춰졌다. 내가 놓쳤던 무엇. 그것은 15년 후의 미래가 변한 이유였다. 스물아홉 살 한태임이 복수에 불타는 악당이 아니라 과학관 관장이 될 수 있었던 이유는…… 앗! 나는 작게 소리치며 컵을 떨어뜨렸다. 하얀 운동화에 갈색 점이 튀고, 연한 자주색 카펫 위에 얼룩이 퍼져나갔다.

"괜찮아?"

관장이 내 쪽으로 몸을 굽히며 물었다. 나는 소파에서 일어나 뒷걸음질 쳤다. 15년 후의 내가 두 번째로 설치한 폭탄이 미래를 바꾼 것이다. 거식증도 사라지고, 아이들에 대한 복수심도 사라지고, 계획대로 혼자만 인생을 새로이 시작한 것이다. 관장이 내게 다가왔다. 나는 창가에 바싹 붙어섰다. 더는 물러날 데가 없었다.

"가, 가까이 오지 말아요."

"응? 왜 그러는데?"

"어떻게, 이럴 수가 있어요?"

"무슨 말이야? 내가 뭘?"

관장은 영문을 모르겠다는 표정으로 나를 바라봤다. 순진무구한 얼굴이라 더욱 정나미가 떨어졌다.

"선생님과 반 아이들을 다 죽여 놓고, 혼자만 잘살고 있잖아요."

내 목소리가 덜덜 떨렸다. 과학관 관장이 된 미래의 나를 보며 한순간 뿌듯했던 게 사실이다. 하지만 달라진 건 없었다. 미래의 나는 변함없이 흉악한 범죄자였다.

"아니야, 난 안 죽였어."

"시치미 떼도 소용없어요. 한 번은 실패했지만 두 번째는 미래를 바꾸는 데 성공한 거잖아요? 사람이 양심도 없어요? 대량 학살범 주제에 이렇게 멀쩡하게 잘살고 있다니!"

내 목소리가 조용한 관장실 안에 쩌렁쩌렁 울렸다. 관장이 헛웃음을 웃었다. 그리고 재킷을 벗어 소파 등받이에 걸쳐 놓으며 말했다.

"잠깐, 태임아. 난 네가 일주일 전에 만났던 한태임이 아니야. 완전히 다른 사람이야."

"그렇겠죠. 인생을 바꾸려고 엄청난 범죄를 저질렀으니까."

나는 과장되다 싶을 정도로 빈정댔다.

"아니, 난 15년 후의 '너'란 말이야."

관장이 '너'라는 단어에 유난히 힘을 주어 말했다.

"누가 아니래요? 말 돌리지 말아요."

"말 돌리는 게 아니야. 진정하고 내 말 들어 봐. 너 평행 세계에 대해 들어 봤지?"

"평행 세계요?"

"그래, 이건 평행 세계에 관한 이야기야."

관장이 내 눈을 똑바로 바라봤다. 흔들림 없는 검은 눈동자에 내 얼굴이 비쳤다. 흉악한 사람의 눈빛은 아니었다. 들어 보고 판단해도 늦지 않다. 나는 다시 소파에 앉았다.

"알았어요. 얘기해 봐요."

"평행 세계란 내가 사는 여기 말고도……."

"또 다른 내가 사는 세계가 있다는 거죠."

평행 세계 이론은 우리가 어떤 선택을 하는 순간, 새로운 평행 세계가 생겨난다는 가설이다. 시냇물이 두 갈래로 갈라지는 것처럼, 나뭇가지가 여러 갈래로 뻗어나가는 것처럼. 그러므로 우주에는 수많은 내가 있고, 내가 사는 세계는 수많은 세계 중

하나에 불과하다는 것이다.

"평행 세계는 단순한 가설이 아닌 거로 밝혀졌어. 우리는 무수히 많은 평행 세계 중 한 곳에서 살아가고 있는 거야."

"그럼 제가 일주일 전에 만났던 한태임은 관장님과 다른 사람, 우리와 다른 평행 세계에 사는 한태임이란 말인가요?"

"맞아. '그 한태임'은 과학관을 견학하던 날, 타임머신에 갇혀 죽다 살아난 열네 살 태임이의 미래야. 너도 알다시피 그 한태임은 15년 동안 집 안에서 혼자 타임머신 연구를 했고, 복수를 위해 타이미 011호를 타고 과거로 왔지. 그 지점에서 새로운 평행 세계가 생겨난 거야. 타임머신에 갇힌 너를 미래로 부른 세계. 너와 내가 살고 있는 여기, 말이야. 그리고……."

"잠깐, 잠깐만요. 정리할 시간을 주세요."

나는 관장이 내려놓은 컵의 손잡이를 내 앞으로 끌어당겼다.

"이건 제가 마실게요."

적당히 식은 핫초코를 벌컥 들이켰다. 초콜릿이 가라앉아 목구멍이 따가울 정도로 단맛이 났다.

평행 세계 이론을 적용한다면 일주일 전으로 돌아갔을 때 어긋났다고 생각했던 부분들이 설명된다. 배탈이 난 태임이가 버스에 있었던 것도, 솔 선생이 과학 쇼를 하는 대신 천체관에

간 것도, 그곳이 이 세계와 다른 세계이기 때문에 과학관 견학이라는 커다란 흐름은 같아도 작은 줄기들이 달라진 것이다.

"내가 만났던 한태임은 폭탄을 두 번이나 설치했어요. 그 사람이 아무리 반복해서 과거로 온다고 해도 타임머신에 갇혀 죽다 살아난 경험은 바뀌지 않겠네요."

"그렇지. 과거로 올 때마다 새로운 평행 세계가 자꾸 생겨날 뿐이야."

"서로 다른 세계이기 때문에 버스 안의 태임이가 죽어도 나는 살아 있을 수 있었던 거고요."

관장은 가벼운 고갯짓으로 대답을 대신했다. 버스 앞에서 만났던 한태임은 왜 미래가 바뀌지 않았는지 알았다고 했다. 나랑 이야기하는 도중에 평행 세계에 대해 깨달은 것이다.

"정리해 보면, 우리가 현재에서 과거로 시간 여행을 하는 순간 새로운 평행 세계가 생겨나기 때문에 과거를 바꿀 수 없다는 거네요."

"정확해. 네가 이렇게 똑똑한 덕분에 내가 과학관의 최연소 관장이 될 수 있었지."

관장이 자랑스러운 듯 어깨를 으쓱하며 웃었다. 하지만 과거를 바꿀 수 없다면…….

"그럼 아이들과 선생님을 살릴 방법은 없는 거예요?"

관장은 바닥의 얼룩을 내려다보다가 힘겹게 말했다.

"안타깝지만 그래."

관장의 입에서 한숨이 나오고, 잠시 침묵이 이어졌다. 평행 세계 이론대로라면 '나의 세계'에서는 두 번 다시 솔 선생과 아이들을 살릴 수 없다. 고개를 숙였더니 눈물이 툭 떨어졌다.

"괜찮아. 네 잘못이 아니니까."

관장이 내 어깨를 부드럽게 감싸 쥐었다.

"아기가…… 너무 불쌍해요."

관장이 나를 안아 주었다. 나는 관장의 품에 안겨 엉엉 울었다. 단지 과거를 바꿀 수 없어서 흘리는 눈물만은 아니었다. 눈물 속에는 미래의 내가 범죄자가 아니라는 안도감도 섞여 있었다.

"이제 한태임은 어떻게 될까요? 평행 세계에 대해 알았으니 다시 과거로 가진 않겠죠?"

"그렇겠지. 우리랑 다른 사람이라고 해도 본질은 같으니까. 그 정도는 쉽게 이해할 수 있었을 거야."

"더 이상의 평행 세계도, 더 이상의 사고도 일어나지 않겠네요."

"응."

잠시 침묵이 흘렀다. 나는 언제나 내 미래에 대해 궁금했다.

지금 내 미래가 눈앞에 있다. 묻고 싶은 것들이 많다.

"모르는 게 좋을 거야."

관장이 내 생각을 읽은 듯 말했다.

"네?"

"우리 원래 스포일러 싫어하잖아. 결말을 미리 알면 재미없으니까."

고개를 끄덕이면서도 묻고 싶은 마음은 여전히 남아 있었다.

"말해 준다고 해도 그게 네 미래와 정확히 일치한다고 볼 순 없어. 네가 하는 일에 따라 미래는 달라질 수 있거든."

"우리의 평행 세계가 나눠질 수 있다는 말이에요?"

"아니, 그거랑은 다른 개념이야. 시간은 일직선이 아니라 코일처럼 흐르거든. 하나의 축을 돌면서 작은 관 같은 코일 속에서 수없이 작은 변화들이 일어나."

코일처럼 흐르는 시간이라니 −평행 세계까지는 이해했지만− 머릿속이 코일처럼 꼬여 버릴 것 같았다. 관장이 내 얼굴을 보며 웃음을 터트렸다.

"지금 다 이해할 필요는 없어. 그래도 하나는 말해 줄 수 있어. 괜찮을 거란 거. 힘들 때도 아플 때도 있겠지만 결국엔 괜찮을 거야."

"고마워요, 관장님."

"언니라고 불러. 사실 내가 너니까 언니라는 호칭은 좀 이상하지만."

관장이 활짝 웃으며 말했다. 보는 사람마저 기분 좋아지는 미소였다. 내가 저런 미소를 지을 수 있다니, 나는 미래의 나에게 약간 반한 것 같았다.

"고마워요, 언니."

관장이 벽시계의 시간을 확인하고는 나를 보았다.

"이제 갈 시간이네. 아쉽다."

"벌써요?"

"응. 벌써 30분이나 지났는걸. 현재를 너무 오래 비워 놓으면 안 돼."

현재를 너무 오래 비워 두지 마. 다른 평행 세계의 한태임도 나랑 만났을 때 그렇게 말했다.

"왜 안 되는데요?"

"시간 여행을 하게 되면 현재의 네 자리가 공백이 되는 거잖아. 삼차원 공간에서 마치 너만 오려 낸 듯한 상태가 되는 거지. 짧은 시간이라면 큰 영향을 미치지 않지만 공백이 오래 지속되면 세계의 질서가 어그러지거든."

"그럼 얼마나 머무를 수 있는 거예요?"

"글쎄, 거기에 대해서는 학자들이 계속 연구하고 있는데, 지금까지는 최대 45분 정도가 안전하다고 보고 있어."

관장이 자리에서 일어났다. 이런, 현재로 돌아가면 타임머신 아래 직원들이 모여 있을 텐데…….

"언니, 제가 왔던 시간으로 돌아가면 과학관 직원들이 잔뜩 모여 있을 거예요. 어쩌죠?"

"아, 그렇지. 잠깐만."

관장이 생각났다는 듯 나를 향해 검지를 세우고는 책상으로 갔다. 책상 위에는 책들과 서류들이 쌓여 있었다. 관장은 그중에서 몇몇 서류를 골라 봉투에 넣어 주었다.

"이걸 갖고 가서 관장님께 전해 줘."

"관장님이요?"

"네가 사는 시간대의 관장님 말이야. 타임머신 앞에 모여 있는 직원들에게 관장님하고 둘이서 얘기하고 싶다고 해. 이 봉투를 드리고 네가 겪은 일들을 솔직히 말씀드려."

"그분이 절 믿어 줄까요?"

"그래, 그분은 네 스승님이 될 거야. 오늘의 내가 있는 건 다 그분 덕이야."

그분이라고 말하는 관장의 눈가가 촉촉해졌다. 두 사람 사이에 내가 알지 못하는 사연이 있는 것 같았다. 나는 노란 봉투를 가방에 넣고 물었다.

"그분은 여기에는 안 계세요?"

"응. 이제 이 평행 세계에는 안 계셔. 하지만 다른 평행 세계에서 건강히 지내고 계신다고 생각하면 조금 위안이 돼."

한태임 관장이 내게 손을 내밀었다. 나는 관장이 내민 손을 잡고 일어섰다. 우리는 함께 왔던 길을 되짚어갔다. 짧은 만남이었는데도 관장과 헤어지는 일이 너무나 아쉬웠다.

"참, 관장님을 만나면 커피 좀 줄이라고 말해 줄래?"

엘리베이터 밖 풍경을 내다보던 관장이 내게 말했다.

"알았어요. 꼭 말씀드릴게요. 그런데 누가 관장님인지 어떻게 알아보죠?"

"토성 머리핀."

"네?"

"반백의 단발머리에 토성 모양의 머리핀을 꽂고 계실 거야."

과학관 관장님다운 취향이라는 생각에 저절로 미소가 머금어졌다. 한태임 관장도 미소를 지었다. 우리는 로비에 내려와서도 잡은 손을 놓지 않은 채 시간 여행관으로 들어갔다.

"이제 정말 헤어질 시간이네."

한태임 관장이 손을 놓으며 말했다. 나보다 훨씬 서운해하는 듯 눈가가 붉어져 있었다.

"안녕히 계세요."

나는 타이미 011호가 있는 단상에 올라갔다. 타임머신에 올라타 계기판에 손을 올리자 문이 닫혔다.

"잘 가, 과거의 나."

관장이 내게 손을 흔들었다. 또 한 번, 나는 시간 속으로 어지럽게 빨려 들어갔다. 솔 선생과 아이들의 얼굴이 눈앞을 스쳐 지나갔다. 버스에 폭탄을 설치한 한태임은 나랑 동일 인물이 아니다. 다른 평행 세계에서 살아가는 다른 사람이다. 그러므로 이미 일어난 과거는 돌이킬 수 없다. 그러나 그건 어디까지나 이론적인 문제였다. 머리로 이해한다고 해서 마음이 편해지지는 않았다. 에그 속의 아기 사진과, 그 사진을 끌어안고 눈물 흘리던 할머니의 모습이 마음 깊이 고여 있었으니까. 아마도 나는 그들에게 느끼는 죄책감을 평생 지울 수 없을 것이다. 그렇다면 무거운 감정을 끌어안고 살아가는 법을 터득해야 한다. 과학관 관장이 된 미래의 나를 만났지만 자신감은 들지 않았다. 과연 나는 앞으로의 내 삶을 잘 살아 낼 수 있을까?

세 번의 시간 여행

타임머신이 멈췄다. 어지러움을 느낄 새도 없이 문밖을 내다봤다. 예상대로 단상 아래에 사람들이 잔뜩 모여 있었다. 스무 명 가까이 되는 직원 중 토성 머리핀을 꽂은 사람을 찾기는 어렵지 않았다. 한태임 관장 말대로 '관장님'은 반백의 단발머리에 단정한 남색 정장을 입고 있었다. 나는 열린 문으로 나와 계단을 내려갔다. 그리고 관장 앞에 섰다.

"저 관장님과 얘기하고 싶어요."

"나랑?"

관장은 뜻밖이라는 듯 눈을 둥그렇게 떴다. 옆에 있던 직원이 내 앞을 가로막았다.

"관장님, 이 학생은 제가 잘 타일러서 보내겠습니다."

"괜찮아요, 임 실장. 학생이 나랑 얘기하고 싶다니 그렇게 하죠."

관장이 나를 보며 미소 지었다. 커졌던 눈이 작아지며 눈가에 웃음 주름이 잔뜩 잡혔다.

"고맙습니다."

들릴 듯 말 듯한 목소리로 말했다. 그사이 관장은 성큼 앞서 갔고, 나는 부지런히 관장을 따라갔다. 2층으로 올라가 구름다리를 건너고, 투명 엘리베이터를 탔다. 엘리베이터 밖으로 보이는 현재의 풍경이 조금 전 한태임 관장과 함께 본 미래의 풍경에 겹쳐졌다. 내 옆에 나란히 서서 바깥을 바라보던 관장이 물었다.

"학생, 이름이 뭐예요?"

"한태임이요."

"그래요. 태임 학생이군요. 중학생인가?"

"네, 2학년이에요."

"중 2면…… 열네 살?"

"네."

"그래. 열네 살이면 타지 말라는 전시물에도 타 봐야지."

관장이 호탕하게 웃었다. 나도 덩달아 어색하게 웃었지만,

머릿속으로는 시간 여행 이야기를 어떻게 조리 있게 할 수 있을지 시뮬레이션을 해 보느라 바빴다.

✦

관장실은 15년 후와는 차이가 컸다. 냄새부터 달랐다. 초콜릿 향 대신 진한 커피 향이 풍겼다. 책상도 훨씬 잘 정돈되어 있었고, 관장 명패에는 '윤선'이라는 이름이 적혀 있었다. 관장이 '짝!' 소리를 내며 손을 맞부딪치고는 커피포트를 쳐다봤다.

"어쩌지? 마실 거라곤 커피밖에 없는데. 주스 좀 가져다 달라고 할까?"

"아뇨, 괜찮아요. 저 좀 전에 핫초코 마시고 왔어요."

"조금 전에?"

"네, 미래에서……."

나도 모르게 튀어나온 말에 아랫입술을 깨물었다. 이런 식으로 불쑥 이야기하는 건 계획에 없었다.

"미래에서?"

소파에 앉은 관장이 눈을 가늘게 뜨고 나를 바라봤다. 이렇게 된 이상 어쩔 수 없다.

"제 말씀은…… 그러니까…… 제가 방금 타임머신을 타고 미래에 다녀왔거든요."

"타이미 011호가 작동했다는 말인가요?"

관장의 얼굴에 오묘한 표정이 떠올랐다. 화가 난 것 같지는 않았다. 내 말에 호기심을 느끼는 걸까?

"맞아요. 제가 여기 증거도 가져왔어요."

등에 메고 있던 배낭을 내려 지퍼를 열었다. 가방 속에 있어야 할 서류 봉투가 없었다. 넓적한 봉투라 눈에 띄지 않을 리가 없는데…….

"어? 어디 갔지?"

"왜요? 시간 여행 다녀온 증거가 없어졌나 봐요?"

"네. 분명 여기다 넣었거든요."

서류가 없는 걸 뻔히 보면서도 가방 안을 뒤적이는데 '쿡.' 관장이 웃음을 삼키는 소리가 들렸다. 왜 웃지? 증거가 없어진 게 웃긴 일인가?

"태임 학생, 상상력이 풍부하네요."

관장이 텀블러에 커피를 따르며 말했다. 그제야 그가 진지하게 물어본 게 아니라는 걸 깨달았다.

"정말이에요. 방금 제가 타임머신을 타고 시간 여행한 걸 보셨잖아요."

"타임머신을 탄 건 봤죠. 시간 여행을 했는지는 모르겠네요."

"타이미 011호가 작동했어요. 믿기 어려우시겠지만 15년 후의 미래에 다녀왔다고요. 아, 타임머신이 움직이는 것도 보셨죠?"

"태임 학생이 스위치를 건드리는 바람에 타이미 011호가 작동 오류를 일으킨 건 봤죠."

관장은 검지를 세워 타임머신이 돌아가는 모양을 흉내 내듯 빙글빙글 돌렸다. 잘 정돈된 손톱 끝을 보던 나는 놓치고 있던 사실을 깨달았다.

"아! 이제 알았어요. 관장님 눈에는 회전하는 거로만 보였을 거예요. 제가 15년 후로 떠났다가 출발했던 시간으로 돌아왔으니까요."

"알았어요. 혼내지 않을게요. 대신 다음부터는 전시물에 올라타면 안 돼요."

관장은 내 말을 믿을 생각이 없어 보였다. 미래에서 가져온 증거가 사라졌으니 나 같아도 믿지 못할 것이다. 그렇다고 포기할 순 없다. 관장님은 내 인생에서 아주 중요한 사람이 된다고 했다. 이대로 물러나면 나는 거짓말쟁이, 허풍쟁이로 남게 된다.

"관장님, 처음부터 얘기할게요. 일주일 전에 주차장에서 폭발 사고가 있었잖아요."

관장의 얼굴이 창백해졌다. 그는 이마에 손을 올리며 말했다.

"너무 끔찍한 사고였어요. 일어나지 말았어야 할 일이죠."

"버스에 타고 있던 아이들과 선생님이 저희 반이었어요."

"뭐……? 그, 그럼 학생이…… 그때 사, 살아남은?"

관장은 충격을 받은 듯 말을 더듬었다. 나는 고개를 끄덕였다. 잠시 침묵이 흘렀다. 한숨을 내쉰 관장이 내게 물었다.

"태임 학생…… 괜찮아요?"

"전 괜찮아요."

"다행이네요."

관장이 빨개진 코끝을 손으로 감싸며 말했다.

"근데 저만 괜찮으면 안 되잖아요. 그래서 사고를 막으러 일주일 전으로 갔어요. 하지만 막을 수 없었어요. 제가 간 과거는 여기랑 다른 평행 세계라 아이들을 살릴 수 없었던 거예요. 그걸 알게 된 건 조금 전 15년 후의 미래로 갔을 때고요."

"이런, 이런. 충격이 정말 컸구나."

관장이 내게 천천히 다가왔다. 그리고 나를 안아 주었다. 그의 품에서 고소하고 쌉쌀한 커피 냄새가 났다.

"오죽하면 타임머신을 탔을까."

관장이 혀를 찼다.

"그게 아니라……."

"너무 힘들어하지 말아요."

귓가에 관장의 보드라운 목소리가 내려앉았다. 지금 당장 관장을 설득하는 건 무리다. 관장에게 나는 사고 후 트라우마에 시달리는 중학생처럼 보일 테니까. 잃어버린 서류 봉투를 찾든가, 설득할 수 있는 계획을 세운 다음 다시 와야겠다.

"저…… 가 볼게요."

"잠깐만요. 태임 학생, 홀로폰 갖고 있죠?"

"아뇨."

"홀로폰이 없어요?"

"우리 엄마, 자연주의자거든요."

아, 관장이 옅은 미소를 짓고는 주머니에서 홀로폰을 꺼냈다.

"엄마한테 연락해서 데리러 오라고 할까요?"

"괜찮아요, 관장님. 저 자전거 타고 왔어요."

"아니면 내가 데려다줘도 되고. 집이 어디예요?"

"저 정말 괜찮아요. 오늘은 이만 갈게요."

"그럴래요?"

관장이 미덥지 않은 얼굴로 나를 바라봤지만 단호히 일어섰다. 과학관 관장과 엄마가 만나는 건 좋은 생각이 아니었다. 내가 과학관에서 타임머신을 몰래 탔다는 걸 엄마가 안다면……. 어휴, 상상도 하기 싫다.

"관장님, 저 다음에 다시 와도 될까요?"

"그럼요. 언제든 와요. 기다리고 있을게요."

관장이 내게 오른손을 내밀었다. 나는 그 손을 맞잡았다. 관장은 왼손으로 내 어깨를 두 번 두드리고 관장실 문을 열어 주었다.

"잘 가요. 우리 또 만나요."

관장이 문을 닫으려는 순간이었다. 15년 후의 내가 당부했던 말이 떠올랐다.

"참, 커피는 너무 많이 드시지 말래요."

"네? 누가 그래요?"

"관장님을 잘 아는 사람이요."

"날 아는 사람? 누구?"

"다음에 만나면 말씀드릴게요. 안녕히 계세요!"

훗, 관장이 조그맣게 웃었다. 관장실에서 나오자마자 왔던 길을 거슬러 가며 바닥을 눈으로 훑었다. 가방을 연 적은 없지만 혹시라도 봉투를 복도에 흘린 게 아닌지 확인해야 했다. 복도는 먼지 하나 없이 깨끗했다.

✦

투명한 엘리베이터 벽에 기대어 밖을 내다봤다. 폭발물을 설치한 한태임을 만난 15년 후의 미래, 나 혼자 갔던 일주일 전의 과거, 그리고 한태임 관장을 만났던 15년 후. 지금까지 세 번의 시간 여행을 했다. 그런데도 달라진 건 없다. 힘이 쭉 빠졌다. 엘리베이터에서 내려 터덜터덜 구름다리를 건너다 멈춰 섰다. 이대로 집에 가고 싶지는 않았다. 구름다리의 난간을 잡고 티라노사우루스의 뼈 조형물을 내려다봤다. 타임머신을 타고 6천 5백만 년 전으로 가면 공룡이 멸종한 이유를 알 수 있을까.

한참이나 난간에 매달려 있다가 문득 발밑을 내려다봤다. 운동화에 묻었던 핫초코 얼룩이 사라지고 없었다. 컵이 떨어지며 동그란 얼룩이 점처럼 묻었었는데……. 마치 시간을 돌린 것처럼 운동화가 말끔해졌다. 아니, 시간을 돌렸다는 표현은 맞지 않는다. 그사이 내가 한 일은 미래에 갔다 현재로 돌아온 것뿐이니까. 사라진 얼룩과 사라진 서류. 우연이라고 할 수는 없다. 만약 미래에 일어났던 일이 현재로 돌아왔을 때 사라진다면? 그렇다면 서류가 감쪽같이 없어진 이유도 설명이 된다. 잠깐, 한태임 관장은 이 사실을 몰랐을까? 혹시 시간이 코일처럼 흐르는 것과 관련 있는 걸까? 그때였다. 뒤에서 그림자가 다가왔다. 악! 나는 너무 놀라 소리를 질렀다.

난 피클이라고 해

"놀랐다면 죄송합니다. 제가 도와드릴 일이 있을까요?"

그림자의 정체는 안내 로봇이었다. 안도의 한숨을 내쉬고는 괜찮다고 말하려는데 배에서 꾸르륵 요란한 소리가 났다. 오늘 먹은 거라곤 핫초코 몇 모금이 전부였고 그나마 입안에 남았던 단맛조차 사라지고 없었다. 서류와 운동화의 얼룩이 사라졌다면 배 속에 든 핫초코도 사라졌겠지. 아무튼, 집까지 자전거를 타고 돌아가려면 뭘 좀 먹어야 했다.

"여기 식당이 어디 있나요?"

"이곳에서 가장 가까운 식당은 2층에 있는 푸드 코트입니다. 푸드 코트에서는 분식과 햄버거 같은 간단한 음식을 드실 수 있습니다. 더욱 다양한 메뉴를 원하신다면 지하 1층에 있는 한식당이나 중식당, 그리고⋯⋯."

"푸드 코트에 갈게요."

"푸드 코트는 구름다리 반대편으로 가시면 됩니다."

"고마워요."

나는 구름다리 반대편으로 건너갔다. 로비와 이어진 계단에서 멀지 않은 곳에 푸드 코트가 있었다. 아직 점심시간이 되기 전이라 그런지 나 말고 다른 손님은 뿔테 안경을 쓴 남자밖에 없었다. 돈가스 쫄면 세트를 주문한 다음 창가 자리에 앉았다. 무심코 창밖을 내다보는데 주차장에 서 있는 에어 버스가 눈에 들어왔다. 다시금 '그날'의 악몽이 떠올랐다. 심장이 두근거리고 머리가 지끈지끈 아팠다.

주문한 음식을 받아 들고 바깥 풍경이 보이지 않는 안쪽 자리로 옮겼다. 뿔테 안경이 나를 흘끔 보더니 후루룩 면발을 빨아들였다. 나도 돈가스를 한 조각 집어 드는데, 어디서 나타났는지 웬 아줌마가 내 앞에 털썩 앉았다. 키가 크고 호리호리한 아줌마는 졸린 고양이 같은 표정으로 주스를 마셨다. 포도 주스였다. 달착지근한 포도 주스 냄새가 입맛을 확 떨어뜨렸다. 무엇보다 아줌마에게서 알 수 없는 적대감이 느껴졌다. 마치 어둡고 탁한 공기를 몰고 온 것처럼.

다른 자리도 많은데 왜 하필 내 앞에 앉았을까? 또 자리를 옮겨야 하나?

귀찮아도 내가 옮기는 편이 나을 것 같았다. 피해 달라고 말해서 피해 줄 사람이라면 하고많은 빈자리를 두고 굳이 내 앞에 앉지는 않았을 테니까. 돈가스 한 조각을 입에 넣고 양손으로 쟁반을 쥐고 의자에서 엉덩이를 들었다.

"어디 가려고?"

"네?"

"너랑 만나려고 아주 멀리서 여기까지 왔는데."

아줌마가 나를 보며 느릿느릿 말했다. 낯설지 않은 말투인데 어디서 들었는지 기억이 날 듯 말 듯 했다. 들렸던 엉덩이가 의자로 풀썩 떨어졌다.

"저를…… 아세요?"

"글쎄, 안다고도 모른다고도 할 수 있겠지."

스무고개처럼 알쏭달쏭한 말이었다. 한 줄기만 하얗게 센 앞머리가 눈에 띄었다.

"누구신데요?"

"나? 난 피클이라고 해."

피클이라니? 이 사람은 도움이 필요한 것 같았다. 누군가 함께 왔다가 한눈을 파는 사이 길을 잃은 걸 수도 있다. 그런데 주변을 둘러봐도 보호자처럼 보이는 사람은 없었다. 어쩌면 지금 찾고 있을지도 모르니 말동무를 해 주면서 시간을 끌어야겠다.

"피클이요? 이거랑 똑같은 피클 말씀이세요?"

나는 돈가스 접시 위의 피클을 가리켰다.

"맞아. 그거랑 철자는 다르지만 발음은 같아."

그는 비밀 얘기를 하듯 낮은 목소리로 답했다. 나는 아줌마의 얼굴을 자세히 들여다봤다. 엄마보다 좀 더 나이 들어 보였지만 쪼글쪼글한 연두색 피클과는 전혀 닮은 데가 없었다.

"저를 만나려고 멀리서 오셨다고요?"

"그렇다니까?"

"어디에서 오셨는데요?"

"그건 지금 말해 주면 재미없고, 너 나 진짜 모르겠어?"

아무래도 나를 다른 사람과 착각하는 것 같았다. 보호자는 나타날 기미가 보이지 않았다.

"제가 안내 데스크에 모셔다 드릴게요."

내 말에 아줌마가 고개를 숙였다.

"크그그큭."

다음 순간, 그의 입에서 웃음소리가 새어 나왔다. 이제 좀 무섭다. 구름다리로 가서 조금 전 마주친 안내 로봇을 불러와야겠다고 생각하는데 소리가 뚝 그쳤다.

"배양육, 너 정말 눈썰미가 없구나?"

헉, 나는 배양육이라는 말에 너무 놀라 의자에서 튀어 오를 뻔했다.

"아줌마가 그 별명을 어떻게 알아요?"

"내가 지어 준 별명이니까."

"네?"

"아직도 나 못 알아보겠어?"

누구지? 우리 반 아이의 엄마인가? 그러고 보니 누구랑 닮은 것 같은데…….

"저희…… 만난 적 있나요?"

"하, 됐다. 내가 그렇게 많이 변했니? 태임아, 나 아리야."

"뭐라고요? 아리 엄마세요?"

"엄마는 무슨. 내가 아리라니까?"

하긴 아리의 엄마가 내게 찾아올 리가 없다. 찾아온다고 해도 자기가 아리라고 우길 이유도 없고. 무엇보다 이 아줌마는 지금까지 못 알아본 게 신기할 정도로 아리 같다! 아니, 말도 안 된다. 내가 사는 세계의 아리는 죽었다.

"조, 조금 전에는 피클이라면서요."

"아아, 피클. 그건 우리 같은 일을 하는 사람을 부르는 별명이야. 난 평행 세계 정리사가 됐거든."

"평행 세계 정리사요?"

아리라고 주장하는 아줌마가 알아들을 수 없는 이야기만 하는 바람에 나는 앵무새처럼 말을 반복했다.

"내가 사는 시대에는 누구라도 시간 여행을 할 수 있거든. 시간 여행 티켓이 좀 비싸긴 하지만, 다들 시간 여행을 가려고 적금까지 든다니까. 우리 역사 시간에도 배웠잖아. 화성에 갈 수 있게 됐을 때 사람들이 비싼 돈을 들여서 화성으로 여행을 갔다지. 우주 방사선까지 감수하면서 말이야. 그거랑 비슷한 심리겠지. 안 그래?"

아줌마는 내 동의를 구하듯 말을 멈췄다. 다음 이야기가 궁금해 얼른 고개를 끄덕였다.

"문제는 사람들이 시간 여행의 주의 사항을 잘 지키지 않는다는 거야. 그래서 너무 많은 평행 세계가 생겨 버렸지. 난 그중에서 불필요한 평행 세계를 찾아 정리하는 사람이야."

"그걸 왜 피클이라고 불러요?"

"패러럴 월드 클리너(Parallel World Cleaner). 줄여서 피-클 (P-cle)."

"그럼 피클들은 다른 평행 세계로 넘어갈 수도 있어요?"

"당연한 말씀."

거짓말이 아니라면, 내 앞에 있는 사람은 다른 평행 세계에서 몇십 년의 시간을 거슬러 온 아리다.

"여긴 왜 왔는데요?"

"널 만나러 왔다고 했잖아."

"그러니까, 왜요?"

"가만있어 봐. 지금부터 얘기해 줄 테니."

아리는 답답할 정도로 느리게 이야기를 이어 나갔다. 대학을 졸업하고 자그마한 연구소에서 일했다는 것, 서른다섯에 평행 세계 정리사라는 직업이 생기자마자 자격증을 땄다는 것, 평행 세계 정리사가 되어 20년 동안 일하고 작년에 회사를 그만뒀다는 것, 퇴사하고 나서 재미로 다른 평행 세계들을 찾아다녔다는 것.

"그러다가 2123년, 162번째 세계에서 비정상적인 분기점을 발견했어. 여기서 분기점이란 새로운 평행 세계가 만들어지는 지점이야."

"162번째 세계라고요?"

"각각의 평행 세계에는 일련번호가 붙어 있거든. 원래는 도서관의 등록 번호처럼 복잡한 체계로 되어 있지만 특별한 경우가 아니면 마지막 세 자리 숫자로 줄여 부르지."

"그럼 아줌마는요? 몇 번째 세계에서 왔어요?"

"난 16…… 아니 365번째 세계에서 왔어. 야, 헷갈리니까 자꾸 말 끊지 말아 줄래? 내가 어디까지 얘기했더라?"

"162번째 세계의 비정상적인 분기점이요."

"그래. 그건 시간 여행으로 만들어진 평행 세계였어. 2123년에는 항공 우주 연구원에 소속된 조종사들만 시간 여행을 할 수 있었는데 말이야!"

나는 아리가 말하는 비정상적인 분기점이 어디인지 짐작할 수 있었다. 아이들과 솔 선생이 탄 버스가 폭발하던 순간.

"어딘가 미심쩍어 조사해 봤지. 그랬더니 162번째 세계의 나는 과학관 견학을 다녀오는 길에 버스 폭발 사고로 죽었더라고. 나뿐만 아니라 반 아이들 전부가. 그런데 말이야. 사고가 났을 때 딱 한 명 살아남은 아이가 있더라. 바로 너, 배양육이었어."

아리가 말을 멈추고 나를 똑바로 바라봤다. 짙은 회색빛 눈동자. 아무리 봐도 아리가 맞다. 아니, 다른 평행 세계에서 온 아리니까 정확히 말하면 내가 알던 아리라고 할 수는 없지만.

"배양육이라고 부르지 말아 줄래요?"

"아, 미안."

"잠깐만요, 아줌마가 사는 세계에서도 나를 배양육이라고 부르며 놀렸어요?"

"미안하다니까. 그건 좀 넘어가자."

"그래서요? 이런 얘기를 하려고 날 찾아온 건 아니겠죠?"

"물론이지. 난 널 도와주러 왔어. 너 사고를 되돌리고 싶어 하지?"

"그걸…… 어떻게 알았어요?"

"응? 그, 그…… 거야…… 반 친구들이 하루아침에 사고를 당했는데 살리고 싶은 마음이야 당연한 거 아니겠어?"

친구는 아니었다는 말을 삼키고, 입을 꾹 다문 채 고개를 끄덕였다. 쫄면은 퉁퉁 불어 한 덩어리가 되어 있었다.

"나라면 네 소원을 들어줄 수 있어."

"아이들과 선생님을 살릴 수 있단 말이에요?"

"응. 나랑 같이 사고가 난 날로 가면 돼. 지금으로부터 일주일 전으로 말이야."

"하지만……."

나는 입 밖으로 나오려던 말을 삼켰다. 이미 다녀왔지만 잘되지 않았다는 말은 하면 안 될 것 같았다.

"하지만 뭐?"

"평행 세계가 생긴 다음에는 과거를 바꿀 수 없잖아요."

"누가 그래?"

아리의 목소리가 돌연 날카로워졌다. 아무리 오랜 세월이 흘렀다고 해도 나는 아리를 믿을 수 없었다.

"누가 그러긴요. 그 정도는 상식이죠."

"그래, 그건 네 시대에나 적용되는 상식이겠지. 이게 있다면 가능하거든."

아리가 목에 걸린 가느다란 은색 막대를 내 앞에 들어 보였다.

"그게…… 뭔데요?"

"차원 이동기."

차원 이동기라니. 게다가 저렇게 작다니. 타임머신보다도 훨씬 발전된 형태의 물건임은 확실했다.

"이것만 있다면 어떤 평행 세계라도 마음껏 갈 수 있지. 시간을 건너는 건 기본이고 말이야."

아리가 보랏빛으로 물든 입술을 혀끝으로 핥으며 웃었다.

그 사악한 미소를 보자 팔뚝에 소름이 돋았다. 아리는 어른이 되었는데도 여전히 악마 같았다. 심지어 다른 평행 세계에서 왔는데도.

아리가 들고 있던 차원 이동기에서 빨간 불이 깜박거렸다.

"이런, 벌써 시간이 이렇게 지났어? 나 이만 가 봐야겠다."

"지금 간다고요?"

"그래, 내일 이 시간에 여기서 만나. 꼭 와야 해. 알았지?"

아리가 다급하게 말하고는 차원 이동기를 반으로 꺾었다. 다음 순간, 아리의 몸이 투명한 늪에 빠지는 것처럼 공기 중으로 빨려 들어갔다. 세 점밖에 먹지 못한 돈가스와 손도 대지 않은 쫄면이 그대로 남아 있었지만 더는 먹을 수가 없었다.

내가 다 돌려놓는다고!

　자전거 페달을 밟으면서도 머릿속은 오늘 겪은 일과 새로 얻은 정보를 정리하느라 바빴다. 평행 세계와 차원 이동. 그리고 피클. 한태임 관장은 과거로 시간 여행을 했을 때 새로운 평행 세계가 생긴다고 했다. 그러므로 우리 반 아이들을 살리는 일은 불가능하다고도. 다른 평행 세계에서 온, 피클이 된 아리의 이야기는 달랐다. 차원 이동기가 있다면 과거를 바꿀 수 있다는 것이다.

　타임머신이 단순히 과거와 미래로 시간 여행을 할 수 있는 장치라면, 차원 이동기는 서로 다른 평행 세계를 여행할 수 있는 장치다. 시간 여행 기능은 기본으로 장착되어 있다. 아리는 시간 여행으로 인해 마구잡이로 생겨난 평행 세계를 정리하는 피클이고, 분기점으로 돌아가 평행 세계가 생겨나는 일을 막을 수 있다.

한 가지 걸리는 게 있다. 한태임 관장은 피클에 관한 이야기는 하지 않았다. 아리의 이야기로 미루어 볼 때 피클이란 직업은 20년쯤 후에 생긴 것 같다. 15년 후에 아직 피클이라는 직업이 없었으니 한태임 관장이 몰랐다고 하면 앞뒤가 맞는다. 하지만 한태임 관장은 미래의 나다. 그렇다면 오늘 일어난 일을 알고 있어야 하지 않을까?

✳

"우리 딸, 어서 와."

현관에 들어서자 엄마가 나를 반갑게 맞아 주었다. 새 담임에게 보건실에 간다던 내가 사라졌다는 연락을 받았을 텐데 어디 갔었느냐고 다그치지 않고 온화한 얼굴로 말했다.

"뭐해? 빨리 손 씻고 와서 밥 먹어."

엄마는 나한테 화를 내지 않기로 작정했나 보다. 그건 그것대로 마음이 편치만은 않았다. 나는 손을 씻고 와서 식탁 앞에 앉았다. 식탁 위에는 풋고추와 상추, 오이와 당근, 파프리카 등등 텃밭에서 가꾼 채소가 수북했다. 어느 날 엄마가 베란다에서 키우던 제라늄꽃을 따먹는다 해도 놀랍지 않을 것이다.

"태임아, 힘들면 당분간 집에서 쉬어도 돼."

엄마가 내 눈치를 살피며 말했다. 고집쟁이 엄마가 내 눈치를 보다니 드문 일이다. 그렇지만 집에서 쉴 마음은 전혀 없었다. 혼자 고립되어 있다가 나도 모르는 사이 폭파범 한태임처럼 어두워진다면……. 으으, 생각만 해도 끔찍하다.

"아니야, 엄마. 나 괜찮아."

"엄마랑 할머니랑 같이 여행 갈까? 혹시 어디 가고 싶은 데 있어?"

"여행? 화성 여행이라면 생각해 볼게."

엄마가 가늘게 눈을 흘겼다. 엄마에게 우주선을 타고 가는 여행은 어림없는 일이다.

"그러지 말고 말 나온 김에 바닷가라도 갈까?"

"엄마."

"응?"

"여행은 나중에 가자. 그리고 앞으로는 학교에 데려다주지 않아도 돼. 그냥 자전거 타고 다닐래. 엄마도 학교 쉬지 말고. 그래야 내 마음이 더 편해."

나는 노란 파프리카를 베어 물었다. 아삭하는 소리와 함께

달콤한 즙이 입안으로 퍼져 나갔다. 복잡한 머릿속이 상쾌하게 씻겨 나가는 느낌이었다. 뭔가 말하려던 엄마는 한 손으로 턱을 괴고 나를 바라봤다. 그렇게 보면 내 마음을 읽을 수 있기라도 하다는 듯이.

"자, 이것도 먹어."

엄마가 부지런히 상추쌈을 싸서는 내 입에 넣어 주었다. 볼을 잔뜩 부풀린 채 우물거리는 나를 본 엄마의 입꼬리가 보일락 말락 위로 들렸다. 흠, 내 입을 막고 말씀하시겠다?

"태임아, 학교를 옮기는 건 어떨까?"

고개를 홱홱 흔들며 상추쌈을 부지런히 씹어 삼켰다. 초등학교에 들어갈 때부터 엄마는 내가 '자연의 학교'에 다니길 원했다. 하지만 그곳에서는 타임머신이나 시간 여행에 관한 것들을 배울 수 없다.

"싫어."

"그렇게 딱 잘라 말하지 말고, 생각해 봐."

"학교 얘기는 여러 번 했잖아. 난 절대로 자연주의자가 될 생각이 없다고."

"자연주의자가 되라는 말이 아니야. 조금 여유를 갖고 쉬어 가라는 거지. 3학년 올라가려면 석 달이나 남았는데 텅 빈 교실 옆에서 공부하려면 힘들 것 같아서 그래."

"그러니까 내가 다 돌려놓는다고!"

나도 모르게 큰소리가 튀어나왔다. 엄마는 눈을 둥그렇게 뜨고 나를 쳐다봤다. 내 말을 또 오해했는지 눈에 눈물이 차올랐다.

"태임아, 엄마가 말했잖아. 네가 미안해할 일은 아니라고."

"아니, 내 책임이 있어. 내가 죽⋯⋯."

하마터면 내가 죽였다는 말이 튀어나올 뻔했다. 물론 진짜 나는 아니고 다른 평행 세계의, 15년 후의 나지만.

"뭐?"

"아니야. 그냥⋯⋯ 마음이 편하지 않다고."

한편으로는 엄마한테 다 털어놓고 싶기도 했다. 하지만 이건 토마토에 물을 주는 걸 까먹어서 말라 죽었다는 얘기와는 차원이 다르다. 평행 세계니 시간 여행이니 엄마는 절대 이해하지 못할 것이다. 아니 이해하려고 하지도 않을 것이다. 고인 눈물이 주르륵 흘러내렸다. 엄마가 자리에서 일어나 나를 안아 주었다.

"알았어. 태임아. 너 하고 싶은 대로 해. 아프면 아파해야지. 마음이 하는 일을 어쩌겠어."

"엄마……."

"대신 한 가지만 잊지 마. 엄마가 항상 네 곁에 있다는 거."

나는 엄마 품에서 어린애처럼 울었다. 엄마는 오래오래 내 등을 토닥여 주었다.

✳

방으로 들어오자마자 침대에 드러누웠다. 은하계의 행성들이 붙어 있는 천장을 바라보며 오늘 일들을 곰곰이 되짚어 봤다. 너무 많은 일이 일어난 하루였다. 내 삶을 통틀어 오늘만큼 많은 일이 일어난 적은 없었다. 일주일 전으로 갔지만 사고를 막지 못했고, 15년 후로 가서 과학관 관장이 된 나를 만났다. 그리고 다시 현재로 돌아왔을 때 미래에서 온 아리를 만났다. 아무리 생각해 봐도 아리는 나를 순순히 도와줄 리가 없다. 나를 찾아온 아리가 다른 평행 세계에서 온, 몇십 년 후의 아리라고 해도 말이다. 느릿느릿한 말투나 포도 주스를 좋아하는 것, 나를 배양육이라고 부르는 걸 보면 성격도 그다지 다를 것 같지 않았다. 무수한 평행 세계의 내가 '나'인 것처럼, 아리는 결국 아리다. 우리는 모두 태어날 때 하나의 세계로부터 시작되었으므로.

내일 아리를 만나러 가도 될까?

나는 하나의 가설을 세웠다. 한태임 관장은 내가 오늘 아리를 만난 것을 알고 있었을 것이다. 아리가 나를 위험에 빠뜨렸다면 미리 경고해 주지 않았을까? 내가 직접 겪어야 할 일을 스포일러 하면 안 된다고 해도 목숨이 달린 일이라면 달랐을 것이다. 그렇다면 조금 안심이다. 가만, 아리가 시간을 거슬러 왔기 때문에 한태임 관장이 아리와의 만남을 몰랐을 가능성은 없을까? 생각을 거듭할수록 머릿속은 혼란스러웠지만, 내 마음은 이미 아리를 만나는 쪽으로 기울어져 있었다.

163번째 세계의 아리

"잘 다녀와."

엄마가 현관에서 내게 손을 흔들어 주었다. 언제나 나보고 문 잘 잠그고 나가라며 허겁지겁 출근하던 엄마였는데 한가한 모습을 보니 기분이 묘했다.

나는 바로 과학관으로 향했다. 아리를 만나는 일이 썩 내키지는 않았지만, 과거를 바꿀 수 있는 1퍼센트의 가능성이라도 놓치고 싶지 않았다. 자전거 페달을 밟는 발이 유난히 무거웠다.

과학관에 도착하자마자 푸드 코트로 올라갔다. 막 문을 연 푸드 코트에는 나 말고 아무도 없었다. 어제랑 같은 시간에 만나기로 했으니 아리는 한 시간 후에나 올 것이다. 자리에 앉아 숨을 돌리는데 눈앞의 공기가 일그러지더니 허공에서 길쭉한

다리가 쑥 튀어나왔다. 아리의 다리였다. 곧이어 머리가 튀어
나오더니 마침내 온몸이 드러났다. 어제는 투명한 늪에 빨려
들어가듯 사라졌고, 오늘은 반대로 그곳에서 나타났다. 공기
중에 생기는 '투명한 늪'의 정체는 차원을 통과하는 관문인 것
같았다.

"안녕, 태임아."

아리가 고개를 좌우로 꺾으며 말했다.

"일찍 오셨네요."

"네가 일찍 왔으니까."

널 지켜보고 있었거든. 아리는 속삭이듯 덧붙이며 검지와
중지로 내 눈과 자기 눈을 번갈아 가리켰다. 학교에서 눈이 마
주칠 때마다 하던 행동이 떠올라 저절로 미간이 찌푸려졌다.
얼른 할 일만 하고 헤어지는 게 좋겠다.

"지금 갈까요?"

"아니, 뭐 좀 먹고 가자."

"식사 안 하셨어요?"

"난 먹고 왔지."

"그럼 가요. 저도 아침 먹고 왔어요."

감자 샐러드를 먹고 집에서부터 한 시간이나 자전거를 타고

왔더니 출출하긴 했다. 그렇다고 뭘 먹을 기분은 아니었다. 그런데 아리는 벌써 계산대로 가서 주문하고 있었다.

"돈가스 쫄면 세트 시켰어. 어제 나 때문에 제대로 먹지도 못했잖아."

아리가 내 앞에 앉으며 말했다. 제법 나를 걱정해 주는 듯한 표정을 짓고 있었지만 경계심을 풀지 않았다.

딩동! 번호판에 01번이 떴다. 내가 일어서기도 전에 아리는 배식구로 가서 식판을 들고 왔다. 뭐가 그렇게 신나는지 사뿐사뿐한 발걸음이 춤을 추는 것 같았다.

"짜잔, 식사 나왔습니다."

아리가 내 앞에 식판을 내려놓고는 옆구리에 찬 가방에서 포도 주스를 꺼냈다.

"요건 내 몫."

고소한 돈가스 냄새가 코를 자극했고, 탱탱한 면발 위에 올려진 새빨간 소스를 보자 입안에 군침이 돌았다. 그래도 한가하게 밥이나 먹을 생각은 없었다.

"뭐해? 어서 먹지 않고."

"안 먹을래요. 그냥 가요."

"안 먹는다고? 왜? 최후의 만찬을 즐겨야지. 아니, 최후의 조찬인가?"

"최후의 조찬? 그게 무슨 말이에요?"

순간 아리가 아차, 하는 표정을 지었다가 언제 그랬냐는 듯 눈을 초승달 모양으로 만들며 웃었다.

"과거를 되돌리고 나면 내가 살던 세계로 돌아가야 하니까. 너랑 내가 마지막으로 함께 먹는 밥이라는 뜻이야."

아리의 말이 갑자기 빨라졌다. 아리는 평상시에 느릿느릿 말하는데 거짓말을 할 때만 말이 빠르다. 역시 아리를 믿고 따라가기에는 꺼림칙한 구석이 너무 많다. 나는 돈가스 옆의 노란 옥수수 알갱이 하나를 젓가락으로 집어 들며 말했다.

"궁금한 게 있어요."

"뭔데?"

"차원 이동기가 있으면 과거를 바꿀 수 있다고 했죠?"

"그렇다니까."

"어떻게요?"

"작동 원리 말이야?"

나는 옥수수 알을 입에 넣고 고개를 끄덕였다. 아리가 가소롭다는 듯 어깨를 으쓱했다.

"넌 설명해 줘도 모를걸."

"그래도 듣고 싶어요."

아리는 비뚜름히 다문 입을 요리조리 움직이다가 귀찮다는 듯 입을 열었다.

"태임아, 잘 들어. 작동 원리는 하나도 중요하지 않아. 내가 어디서 왔어? 무려 40년 후의 미래에서 왔잖아? 그때는 말이야. 네 머리로는 상상도 할 수 없는 일들이 가능하거든. 발달한 과학 기술은 마법 같은 거니까."

"그건 아서 클라크가 한 말이고요."

"내가 인용하지 말란 법은 없지."

아리는 차원 이동기의 작동 원리를 설명해 줄 생각이 없어 보였다. 그렇더라도 하나는 확실히 해야 했다.

"사고가 난 날로 돌아가 과거를 바꾸면, 또 하나의 나는 어디로 가는데요?"

"또 하나의 너라니?"

"과거에도 내가 존재하잖아요. 그 애는 어떻게 되는 거냐고요."

피식, 아리가 코웃음을 쳤다.

"너 아직도 날 못 믿는구나. 섭섭하다, 얘. 난 널 도와주러 왔는데."

"이건 믿고 안 믿고의 문제가 아니에요. 어서요. 그건 설명해 줄 수 있죠?"

"그래, 정 원한다면."

아리는 의자를 바짝 끌어당겨 앉으며 내게 얼굴을 들이밀었다.

"피클은 평행 세계를 정리하는 사람들이잖아? 우리에겐 한 가지 원칙이 있어. 분기점으로 돌아가서 평행 세계가 생기는 일을 막는다. 반드시 분기점이어야 한다. 안 그러면 네 말대로 하나의 세계에 같은 사람이 둘씩 생길 테니까."

분기점으로 돌아가 평행 세계가 생기는 일을 막는다고? 그렇다면 사라지는 건 과거의 내가 아니다. 현재의 나, 162번째 세계의 한태임이 사라진다는 의미다. 서늘하면서도 뜨거운 감각이 목덜미를 훑었다.

"설마…… 당신…… 아이들을 구하자는 건 거짓말이었어?"

"어머, 눈치챘구나. 맞아. 나는 162번째 세계를 정리하러 왔어. 비쩍 마른 스물아홉 살 한태임 때문에 162번째 세계가 생기지 않았다면, 애당초 아이들이 죽을 일도 없었겠지. 너와 함께 이 세계는 사라질 거야."

"나를 없애기 위해 여기까지 온 거야?"

"하, 역시 자연의 아이는 자의식 과잉이라니까. 너 때문이 아니야. 나 때문이지. 여기는 나한테 전혀 의미 없는 세계거든."

일어나 도망칠 틈도 없었다. 아리가 억센 손으로 내 손목을 움켜쥐고, 보라색으로 물든 잇몸을 드러내며 웃었다.

"너무 걱정하지 마. 네가 사라진다고 해서 세상의 모든 태임이가 사라지는 건 아니잖아? 단지 162번째 세계의 태임이가 사라지는 것뿐이지. 너 때문에 162번째 세계의 아리가 사라진 것처럼 말이야."

아리의 잿빛 눈에서 악의가 번뜩였다. 이 세계가 162번째든 1620번째든 내게는 중요하지 않다. 어쨌든 이곳은 나에게 하나뿐인 세계니까.

"참고로 말하자면, 나는 365번째 세계에서 온 게 아니야. 163번째에서 왔어."

"뭐라고?"

"우리 딱 한 번 만난 적 있잖아? 기억하지? 나한테는 40년 전이지만 너한테는 어제 일어난 일이니까."

이럴 수가! 내 눈앞에 있는 아리는 내가 일주일 전의 과거로 갔을 때 만났던 아리, 다시 말해 내가 시간 여행을 함으로써 만들어낸 163번째 세계의 아리였다. 버스에 있는 나를 봤다며 내 정체를 캐묻고, 도플갱어가 아니냐며 다그치고, 내 옆에 주저앉아 불타는 버스를 보며 울부짖던 아이, 과학관으로 달려가는 내게 거기 서라며 표독하게 외치던 아이 말이다.

"너는 그날 내 친구들을 다 빼앗아 갔어."

"아니야, 내가 그런 게 아니야."

"알아. 161번째 세계에서 온 빼빼 마른 태임이가 그랬지."

"그걸 알면서도 굳이 날 찾아온 이유가 뭐야?"

"여태 설명했잖아?"

"내 말은 당신이 피클이라면 분기점으로 가서 이 세계를 그냥 지워 버릴 수도 있었잖아?"

"아, 왜 이렇게 번거로운 일을 하느냐고? 그거야 당연히……
겁에 질린 네 얼굴을 보고 싶었거든."

"아리, 넌 악마야."

"그걸 마지막으로 하고 싶은 말이라고 생각해도 될까?"

아리가 내 손목을 잡은 손에 더욱 힘을 주었다.

"싫어. 이거 놔!"

아리의 억센 손을 뿌리치다가 내 주먹이 쟁반 모서리를 내리쳤다. 쟁반 위의 음식들이 날아올랐고, 내 쪽으로 몸을 구부리던 아리가 쫄면을 머리에 뒤집어썼다.

"앗, 따가워. 이게 뭐야?"

아리가 머리 위의 면발을 걷어내는 사이, 나는 푸드 코트를 빠져나와 전속력으로 계단을 내려갔다.

"야, 거기서! 너 거기 안 서?"

뒤를 돌아보자 고추장 소스를 뒤집어쓴 아리가 무서운 속도로 쫓아오고 있었다. 시뻘건 양념을 덮어쓴 얼굴은 옛날 공포 영화에서 본 피 흘리는 귀신 같았다. 아리와 나의 거리가 점점 좁혀졌다. 아리한테 잡히면 끝장인데……. 자전거를 세워 둔 주차장까지 따라잡히지 않고 도망칠 자신은 없었다.

'어쩌지? 어떡하지?'

갈피를 잡지 못하고 로비에 있는 티라노사우루스 다리뼈 옆에서 허둥대는데 시간 여행관이 눈에 들어왔다. 그래, 타임머신을 타고 15년 후로, 한태임 관장에게 가서 도와달라고 해야겠다! 미끄러지듯 전시관으로 들어갔다. 다음 순간 내 입에서 나온 건 허탈한 탄성뿐이었다. 타이미 011호는 사라지고, 전시관 한가운데는 텅 빈 단상만 있었다. 단상 위에는 '절대 올라타지 마시오.'라는 표지판 대신 '전시물 점검 중입니다. 관람객 여러분의 양해를 부탁드립니다.'라는 안내문이 적혀 있었다. 점검 중이라니, 어제 타이미 011호가 회전한 게 시간 여행이 아닌 작동 오류라고 생각한 게 틀림없다. 한태임 관장이 준 서류만 사라지지 않았더라도 이런 일은 없었을 텐데…….

뚜벅뚜벅 발소리가 들렸다. 눈을 가늘게 뜬 아리가 소매로 얼굴을 닦으며 전시관 안에 들어섰다. 나를 향해 한 걸음 한 걸음 다가오는 아리. 도망갈 곳은 없었다. 맞서 보는 수밖에.

"한태임, 네가 저지른 일에 대한 대가를 받아야지. 정확히 말하면 161번째 세계의 태임이가 저지른 일이지만."

아리가 내 손목을 잡았다. 기다렸던 바다. 나는 아리의 손을 낚아채듯 들어 올려 깨물었다. 아리가 비명을 지르며 물러났고, 나는 반대쪽 손에 들려 있던 차원 이동기를 빼앗았다.

"안 돼!"

아리가 날카롭게 소리 질렀다. 나는 어제 아리가 돌아갈 때처럼 차원 이동기를 반으로 꺾었다. 작동법은 몰랐지만 타이미 011호에서 했던 것처럼 음성 인식이 되길 바라며 외쳤다.

"나를 15년 후로 데려가 줘!"

아무런 일도 일어나지 않았다. 아리가 낄낄거리며 웃었다.

"내 연기 어땠어? 설마 차원 이동기가 그런 식으로 작동된다고 생각한 거야? 역시 어린애는 순진하다니까."

젠장, 마지막 작전이 실패했다. 차원 이동기를 쥐고 있던 손에 힘이 빠졌고, 입술을 비뚜름하게 비튼 아리가 그걸 사납게 뺏어갔다. 아리는 꺾어진 차원 이동기를 엄지와 검지로 쓰다듬어 곧게 세우며 말했다.

"이 작은 기계가 얼마나 정교한데. 회사를 그만두고 나서 이걸 쓰기 위해 얼마나 노력했는지 넌 모를 거야."

회사를 그만뒀다고? 그렇다면 아리는 더 이상 피클이 아니다. 그건 아리가 평행 세계를 정리하는 일에 관여할 수 없다는 의미다.

"당신은 이제 피클이 아니잖아? 당신한테는 평행 세계를 정리할 자격이 없어!"

"한태임, 자격은 남이 주는 게 아니야. 스스로 만드는 거지. 그러니까 네가 맨날 남한테 당하고 사는 거야."

아리는 엄지손가락 끝으로 차원 이동기를 껐다. 나를 둘러싼 공기가 뭉개지기 시작했다. 저항할 틈도 없이 허공으로 빨려 들어갔다. 물이 가득 찬 투명한 풍선 속에 갇힌 느낌이었다. 눈을 뜰 수도 숨을 쉴 수도 없었다. 팔다리를 마구 휘저으며 살려 달라고 외치자 점성이 있는 물컹한 액체가 입안으로 들어왔다. 이대로는 질식해 죽을 것 같았다.

"살려 줘! 엄마!"

"엄마는 여기 없지."

갑자기 숨통이 트이며 아리의 목소리가 들렸다.

네가 가야 해, 너 혼자

아리와 나는 과학관 앞 주차장에 있었다. 신형 안드로이드 광고판이 걸려 있는 에어 버스에는 작고 동그란 폭탄이 붙어 있었다. 타이미 011호로는 갈 수 없었던 일주일 전의 분기점으로 온 것이다.

"지금 161번째 세계의 한태임은 타임머신 속에 갇혀 있을 거야. 내가 차원 이동기의 버튼을 누르는 순간 162번째 세계는 흔적도 없이 사라지겠지."

아리가 반으로 꺾인 차원 이동기를 손톱 끝으로 밀어 올리며 말했다. 이 상황을 벗어날 방법을 생각해 내야 한다. 일단 시간을 벌어야 하는데……. 아리는 장황하게 말하는 걸 좋아하니까 말을 시키고 방심했을 때 공격하자.

"그렇게 해서 당신이 얻는 게 뭔데?"

"다른 세계에서 억울하게 죽은 '나'에 대한 복수?"

끼익끼익. 아리는 녹슨 자전거 바퀴가 돌아가는 소리를 내며 웃었다.

"너무 겁먹지 마. 블랙홀로 빨려 들어가는 것처럼 고통을 느낄 새도 없이 사라질 테니까."

아리가 연극배우처럼 팔을 휘저으며 말했다. 적절한 타이밍을 노려야 한다. 단 한 방에. 두 번의 기회는 없다.

"자, 헤어질 시간이네. 잘 가, 아디오스, 사요나라, 굿 바이!"

아리가 한껏 들뜬 목소리로 작별 인사를 했다. 이때다. 정수리로 아리의 가슴을 힘껏 들이받았다. 아리가 균형을 잃으며 손에 들린 차원 이동기를 놓쳤다. 주울 틈은 없었다. 나는 발끝으로 차원 이동기를 차 버렸다. 조그마한 막대가 호를 그리며 날아갔고 아리가 몸을 쭉 뻗어 차원 이동기를 잡으려 했다. 하지만 내가 아리의 발목을 잡는 게 빨랐다. 아리는 개구리처럼 앞으로 넘어졌다.

"이거 놔! 배양육! 이거 놓지 못해?"

텃밭에서 잡초를 뽑으며 단련된 손아귀 힘으로 아리의 발목을 움켜잡았다. 아리는 엄청난 힘으로 발길질을 해 댔다. 아무리 악력이 세도 계속 쥐고 있는 건 무리였다. 나는 아리의 몸 위로 기어 올라갔다. 아리도 가만있을 리가 없었다. 한참을 엎치락뒤치락하다 아리의 등 위에 올라탔다. 팔을 뒤로 잡아채자 아리가 비명을 질러댔다.

"아아! 아파, 아프다고! 놔 줘! 나 돌아갈게! 돌아간다고!"

팔이 잔뜩 꺾였으니 보통 아픈 게 아니겠지. 그렇다고 아리를 놓아줄 수는 없었다. 돌아가려면 아리의 손에 차원 이동기가 있어야 한다. 여기까지 온 아리가 순순히 돌아갈 리가 없다. 차원 이동기를 손에 넣는 순간, 버튼을 누를 것이다. 만에 하나 순순히 돌아간다고 해도 문제가 있다. 아리는 절대 나까지 바래다주고 갈 인간이 아니다. 이곳에 혼자 남겨진다면 나는 분기점의 미아가 되어 버릴지도 모른다. 버둥거리는 아리를 깔고 앉은 채 어찌해야 하나 고민하는데…….

"비켜! 이 고깃덩어리가 진짜!"

아리가 갑자기 성난 소처럼 날뛰는 바람에 바닥으로 미끄러졌다. 아리는 무릎으로 기어 차원 이동기를 주우려 했고, 나는 간발의 차이로 아리의 머리채를 잡았지만 손가락 사이로 빠져나가고 말았다. 무슨 일이 있어도 아리를 막아야 한다. 필사적으로 뒤쫓는데 눈앞의 공기가 일그러졌다. 저건…… 차원의 포털이다! 포털 안에서 나온 건 통통한 할머니였다. 손등에 있는 점을 확인하지 않더라도 한눈에 그 할머니가 누구인지 알아봤다. 반가워서 눈물이 날 것 같았다.

"너, 넌 또 뭐야?"

네발짐승처럼 기던 아리가 고개를 쳐들며 날카로운 목소리로 물었다.

"아리야, 나 못 알아보겠어? 나 태임이야. 248번째 세계에서 왔어."

할머니가 아리의 말투를 흉내 냈다.

"뭐? 248번째?"

"아리 너만 피클이 된 줄 알았어? 참, 넌 이제 피클이 아니지. 해고당한 지 3년이 넘었으니까. 그동안 도망 다니느라 고생했다."

아리는 벌떡 일어나 도망치려 했지만 소용없었다. 내가 머리채를 잡는 동시에 피클 할머니가 아리의 양 손목에 수갑을 채웠으니까. 우리는 한 번도 만난 적 없지만 마치 오랫동안 함께 일한 파트너처럼 손발이 맞았다!

"조아리, 당신을 평행 세계 정리사 법 위반 혐의로 체포합니다. 당신은 묵비권을 행사할 권리가 있으며, 변호사를 선임할

수 있고……."

"뭐? 네가 뭔데 날 체포해?"

"난 본부 감사과 소속이거든. 너 같은 인간들 때문에 우리가 매일 출장 다니느라 바쁘다니까."

"너, 248번째 세계에서 왔다고 했지? 두고 봐. 내가 꼭 복수할 거야. 내가 아니더라도 248번째 세계의 내가 복수할 거야!"

허옇게 눈을 치뜬 아리가 입에 거품까지 물고 악을 써댔다.

"할 수 있으면 해 보시든가."

할머니가 우아한 미소를 지었다. 그리고 역시나 우아하게 아리의 엉덩이를 발로 차 포털 안으로 밀어 넣었다.

"잘 가. 남은 인생은 감옥에서 지내게 될 거야!"

"안 돼! 싫어!"

아리는 고래고래 소리치며 차원의 포털 속으로 사라졌다. 포털의 흔적이 지워지자 간신히 버티고 서 있던 다리에 힘이 풀렸다. 나는 그 자리에 털썩 주저앉았다. 할머니가 내 앞에 쪼그리고 앉아 눈을 맞췄다.

"내가 좀 늦었지? 고생 많았다, 태임아."

"아니에요. 딱 맞춰 오셨어요."

"만나서 반갑다. 조금 전에 들었겠지만 난 248번째 세계의 태임이야. 50년 후의 미래에서 왔어."

50년 후라면 나는 예순네 살이다. 우리 엄마가 마흔세 살인데, 그보다 훨씬 나이 많은 할머니가 된 내 모습과 마주하고 있으니 스물아홉 살의 나를 보던 것과는 다르게 좀 어색했다.

"할머니는 피클이 됐네요."

"그래, 너도 잘 알겠지만 우주에는 수많은 평행 세계가 있지. 각각의 평행 세계에는 각기 다른 태임이가 있고. 나처럼 피클이 된 태임이가 있는가 하면 타임머신 조종사가 된 태임이도 있고, 어떤 태임이는 엄마처럼 자연주의자가 되기도 했어."

"자연주의자요? 그건 도대체 몇 번째 세계의 태임이래요?"

너무 어이없어 나도 모르게 콧구멍에 힘이 들어갔다. 내 표정이 우스웠는지 할머니가 낮은 목소리로 웃고는 말을 이었다.

"과학자가 된 태임이가 가장 많은데…… 단 한 명이 감옥에서 종신형을 살고 있어."

"아…… 누군지 알 것 같아요. 161번째 세계의 태임이죠."

"맞아. 그 애가 162번째와 163번째 세계에 폭탄을 설치해 아이들과 선생님을 죽였잖아. 시간 여행 범죄는 엄격하게 다스리거든. 공소 시효도 없고."

161번째 세계의 한태임을 잔인하고 무서운 악당이라고 생각한 적도 있다. 어떤 이유나 변명으로도 그가 한 일을 정당화할 수는 없다. 그렇지만 감옥에서 평생 지내야 한다니 안쓰러운 마음도 들었다.

"그런 일을 저지르지 않았다면 감옥에 갈 일도 없었을 텐데……."

"고립되어 지내면서 광기에 빠진 거지."

"도와주고 싶어요."

우리가 도와줄 방법이 없을까? 만약 161번째 세계의 한태임이 버스에 폭탄을 설치하기 전날로 가서 설득한다면 어떨까?

"한 가지 방법이 있긴 해."

"혹시 버스에 폭탄을 설치하기 전날로 가는 건가요?"

"역시! 맞아. 폭탄을 설치하지 않도록 설득하는 거야."

"저도 같이 가도 돼요?"

내 말에 어째서인지 할머니의 얼굴에 그늘이 졌다. 내가 같이 가면 안 되는 걸까? 할머니는 주저하며 말했다.

"간다면 태임이 네가 가야 해. 너 혼자."

"저 혼자 가라고요?"

나 혼자 가야 한다니, 전혀 예상치 못했던 답이다. 할머니를 따라가면 든든할 것 같았는데……. 나는 멍한 기분으로 할머니를 바라봤다.

"피클은 '자신'과 연관된 평행 세계에 개입할 수 없어. 아리가 해고된 이유도 그걸 어겼기 때문이지."

"어? 여기에 절 도와주러 오신 줄 알았어요."

"엄밀히 말하면 아리가 저지르려던 일을 막은 거지."

"그럼 저 혼자 가는 건 괜찮아요? 제 말은, 그렇더라도 절 도와주시는 게 되는 것 같아서요."

"이게 있다면 괜찮아."

할머니가 허리를 굽혀 바닥에 떨어진 차원 이동기를 주웠다. 아리의 차원 이동기였다.

"다만 이걸 사용하려면 돌아올 때 한 번은 무(無)의 공간을 통과해야 해. 그래야만 차원 이동기에 기록이 남지 않거든."

"무의 공간이라고요?"

"글자 그대로 아무것도 없는 공간, 시간과 공간 사이의 틈새 같은 거야."

아무것도 없는 공간이라니. 오싹한 기분이 들었다.

"지금부터 내 말 잘 들어. 그런 다음, 갈지 안 갈지 정해도 돼."

나는 고개를 끄덕였고, 할머니는 차분한 목소리로 설명하기 시작했다. 차원 이동기의 사용 방법도 알려 주었다. 차원 이동기는 소유자의 뇌파와 공명하는 방식으로 작동한다고 했다. 복잡한 설명이 이어졌지만 요약해 보면 정신을 가다듬고 목적지를 생각하면 된다는 것이었다.

"알았어요. 그럼 다녀올게요."

"잠깐, 중요한 게 남았어."

할머니는 말을 멈추고 입술에 침을 발랐다. 나는 잔주름이 잡힌 할머니의 입술을 보며 다음 말을 기다렸다.

"만약 161번째 세계의 태임이를 설득하지 못하면, 무의 공간에 갇혀 돌아오지 못할 수도 있어."

돌아오지 못할 수도 있다니, 더럭 겁이 났다.

"돌아오지 못하면요? 거기서 죽게 되나요?"

할머니가 힘없이 고개를 저었다.

"무의 공간에서는 시간이 흐르지 않아."

"그 말은……."

"영원히 죽지 않는다는 뜻이지."

목덜미의 솜털이 쭈뼛 일어섰다. 온몸에 소름이 돋았다. 161번째 세계의 한태임이 마음을 바꾸지 않는다면 나는 그가 갇힌 감옥보다 더 끔찍한 공간에 갇히는 셈이다. 과연 내가 트라

우마와 식이 장애로 고통받은 스물아홉 살 한태임을 설득할 수 있을까? 할머니랑 함께 가는 것도 아니고 나 혼자서?

"괜찮아, 태임아. 네가 가지 않는다고 해서 비난할 사람은 없어."

할머니가 내 어깨를 감싸 쥐며 말했다. 당연히 비난할 사람은 없을 것이다. 아무도 미래의 '나'-정확히는 다른 평행 세계의 나지만-가 저지른 일이란 걸 알지 못하고, 알게 된다고 해도 161번째 세계의 한태임은 나와 동일인이 아니니 내 책임은 없다. 하지만 나는? 과거를 바꿀 기회를 포기한 나 자신을 어떻게 생각하며 살아갈까? 용기를 내지 못한 나를 책망하지 않을 수 있을까?

나는, 나를 좋아하고 싶다. 아리 패거리들이 놀려도 버틸 수 있었던 건, 마음 깊은 곳 어딘가에 나를 좋아하는 내가 있었기 때문이다.

"갈게요. 돌아올 수 있을 거예요."

"그래, 무사히 다녀오렴."

할머니가 차원 이동기를 내게 건네주었다. 정신을 집중하고 차원 이동기를 꺾었다. 눈앞에 투명하고 몽글몽글한 포털이 생겼다. 나는 또 한 번 차원의 포털로 빨려 들어갔다. 아리와 들

어갔을 때처럼 물풍선 안에 들어간 느낌은 같
았지만 이번에는 따뜻하고 푹신한, 기분
좋은 감촉이었다. 눈도 뜰 수 있고,
숨쉬기도 가능했다. 나는 마음을
가다듬으며 짧은 여행이 끝나
기를 기다렸다.

과거를 바꿀 수는 없어요

퀴퀴하고 서늘한 공기가 몸을 감쌌다. 내가 도착한 곳은 회색 벽으로 이뤄진 어두컴컴한 공간이었다. 바닥에는 전선과 부품, 공구 들이 무질서하게 흩어져 있었다. 그리고 그곳에 모든 사건의 시작을 가져온, 161번째 세계의 한태임이 있었다. 그는 나를 보더니 들고 있던 기계 부품을 떨어뜨렸다.

"너, 너 뭐야? 여기 어떻게 들어온 거야?"

스물아홉 살 한태임이 퀭한 눈을 부릅뜨고 뒷걸음치다가 바닥에 있던 스패너를 밟고 미끄러졌다.

"가, 가까이 오지 마!"

한태임이 스패너를 집어 들고 외쳤다. 얼굴이 하얗게 질리고 뼈마디가 불거진 손이 덜덜 떨렸다. 허공에서 갑자기 사람이 나타났으니 겁에 질리는 게 당연했다. 한동안 나는 움직이지 않고 서 있었다. 위험한 사람이 아니라는 걸 보여 주고 싶었다.

"진정해요. 난 그쪽을 해치지 않아요."

"너, 너 유령이야? 아니, 유령일 리가 없지. 난 유령 따위 믿지 않아. 우리 엄마라면 믿을지 몰라도."

스패너를 자기 코앞에 치켜든 한태임이 횡설수설했다.

"저를 여기로 데려온 건 차원의 포털이에요."

"차, 차원의 포털이라고?"

"제가 나타날 때 공기 중에 커다란 실리콘 봉지가 생긴 것처럼 보였죠? 그게 바로 차원의 포털이에요. 다른 차원과 시간을 이어 주는 통로죠. 그 위험한 물건 좀 내려놓으면 더 자세히 설명할게요."

나는 한태임이 들고 있는 스패너를 눈으로 가리켰다. 그는 주저하며 스패너를 내려놓았다.

"이건 차원 이동기라는 거예요."

스패너를 멀리 밀어 놓고 그의 눈앞에 차원 이동기를 들어 보였다. 한태임은 눈을 가느스름하게 뜨고 내 손에 들린 자그 마한 물체를 관찰했다.

"난 미래에서 왔어요."

나는 본론부터 말했다. 이곳에 머무를 수 있는 시간은 정해져 있으니까.

"네가 미래에서 왔다고?"

"네."

"거짓말. 넌 중학생 때 나랑 똑같이 생겼는데?"

한태임이 어이없다는 얼굴로 말했다. 나는 사고가 일어난 날을 기준으로 말했다. 한태임의 기준에서 보면 시간 여행자라고 해도 과거에서 온 걸로 보일 수밖에 없다.

"맞아요. 나이로만 따지면 난 15년 전의 과거에서 왔어요."

"거짓말."

"또 왜요?"

"과거에서 왔는데 어떻게 그런 걸 갖고 있어? 차원 이동기라고 했지? 너 도대체 정체가 뭐야?"

스물아홉 살 한태임은 내게 대답할 틈도 주지 않고 질문을 쏟아냈다. 호기심이 많고 궁금한 걸 못 참는 성격은 현재나 미래나 다른 평행 세계나 똑같구나.

"기다려 봐요. 지금부터 설명할게요. 제가 그쪽 때문에 과거에서 미래로 왔다 갔다 했거든요. 자세히 설명하려면 길어지겠지만. 시간이 없으니 최대한 간단히 말할게요. 자, 이건 차원 이동기라고 했잖아요. 타임머신이 시간을 이동하는 장치라면, 차원 이동기는 시간뿐만 아니라 차원, 평행 세계를 오갈 수 있는 장치인데요. 15년 전의 과거에서 온 제가 이걸 갖고 있는 이유는요."

"잠깐, 잠깐만. 네 말은 평행 세계가 진짜로 있다는 거야?"

"네."

"나더러 평행 세계처럼 검증되지 않은 가설을 믿으라고? 그건 이론상으로만 존재하는 거야. 난 내 힘으로 과거로 가서 인생을 바꿀 거라고."

한태임은 내 말을 믿지 않았다. 그럴 수밖에 없다. 그는 아직 한 번도 과거로 가지 않았다. 그가 평행 세계에 대해 눈치챈 건 버스에 두 번째 폭탄을 설치하고 나서였다.

"이론이 아니에요."

"그럼 평행 세계가 있다는 증거를 대 봐."

"나랑 차원 이동기 말고 증거가 더 필요해요?"

"그것만으로는 부족하지."

한태임이 고개를 저었다. 믿지 못하는 게 아니라 믿지 않겠다는 듯, 단호한 얼굴이었다. 그렇다. 내가 무슨 말을 하든 한태임은 평행 세계를 믿지 않을 것이다. 평행 세계의 존재를 인정하는 순간 여태껏 준비해 온 복수가 쓸모없는 일이 되어 버리니까. 그래도 나는 그를 설득해야 한다. 여기까지 왔는데 포기할 수는 없다. 문득 언니라고 부르라며 미소 짓던 한태임 관장이 떠올랐다.

"언니라고 불러도 되죠?"

"뭐? 언니?"

"언니랑 나는 다른 평행 세계의 사람이니까 언니라고 불러도 되잖아요?"

"그러시든가."

언니라는 말은 통하지 않았다. 한태임 관장과 내 눈앞의 한태임이 살아온 15년은 너무나도 달랐으니까. 나는 논리적인 설명을 포기하기로 했다. 대신 내가 겪은 일을, 내 감정을 전달하기로 했다. 폭탄을 설치하면 무슨 일이 일어나는지, 어떻게 내가 여기까지 오게 되었는지. 팔짱을 끼고 듣고 있던 한태임은 어느새 턱에 검지를 대고 고개를 옆으로 기울였다. 내 말을 어느 정도 진지하게 받아들인다는 뜻이다. 숨을 돌리는데 한태임이 불쑥 끼어들었다.

"얘기는 그만하면 됐고, 차원의 포털이나 만들어 봐."

"네?"

"그럼 네가 평행 세계에서 왔다는 걸 믿어 줄게."

"지금은 안 돼요."

"왜?"

"차원 이동기에 기록이 남거든요. 함부로 만들 수는 없어요."

"그래? 그럼 어서 네가 온 곳으로 돌아가. 그러려면 포털을 만들어야 하잖아?"

"언니를 설득하지 못하면 돌아갈 수 없어요. 폭탄을 설치하는 건 그만둬요."

"나한테 이래라저래라 하지 마."

"언니도 알잖아요. 폭탄을 설치해도 소용없다는 걸. 새로운 평행 세계가 생겨날 뿐이라는 걸. 언니가 원하는 대로 바뀌는 건 하나도 없어요."

"바뀔 거야. 만에 하나 네 말대로 바뀌지 않아도 복수는 할 거야."

"감옥에 가게 되는데도요?"

"응."

"종신형을 살게 되는데도요?"

"응."

"괜한 고집 부리지 말아요."

"네가 무슨 상관이야?"

"겁쟁이."

"시끄러워! 난 내 계획대로 한다고."

한태임이 벌겋게 달아오른 얼굴로 나를 노려봤다. 검은 눈동자에서 기이한 빛이 번득였다. 오랜 시간 복수만을 생각한 사람이다. 15년 동안 한길만 보고 달려왔다면, 그 길이 틀렸다고 해도 쉽사리 포기할 수는 없을 것이다. 설득할 수 있다고 생각한 건 내 착각일까? 마음이 조급해졌다. 두렵기도 했다.

"그 계획이 뭔데요? 사람을 죽이는 거잖아요?"

"그래서?"

"단 하나뿐인 자신을 살인자로 만들고 싶어요? 언니가 지난 15년 동안 얼마나 힘들었는지 알아요. 언니가 일주일 전, 언니한테는 내일이 되겠네요. 나를 만났을 때 얘기해 줬거든요. 과거를 바꿀 수는 없어요. 하지만 미래를 바꿀 수는 있잖아요."

"쪼그만 게 누구 앞에서 설교야."

한태임이 불퉁한 목소리로 말했다. 좀처럼 흔들리지 않는 마음. 그를 설득하지 못하면 이대로 무의 공간에 갇히게 된다. 아니, 그럴 리가 없다. 비록 15년 동안 고립되어 광기에 휩싸였다 해도 그의 마음 깊은 곳에는 나와 같은 면이 조금이라도 남아 있을 것이다.

"솔 선생님 아기를 엄마 없는 아기로 만들지 말아요."

"뭐? 솔 선생은 아기가 없어."

"지금 에그에 있어요. 곧 태어난대요. 나도 선생님의 어머니를 만나지 못했으면 몰랐을 거예요."

순간 한태임의 눈동자가 흔들렸다. 서서히 광기가 사그라들고 담백한 눈동자가 나를 바라봤다.

"언니……. 제발, 솔 선생을 살려 줘요."

한태임이 긴 한숨을 내쉬었다. 속 시원한 답은 나오지 않았다. 차원 이동기에서 빨간 불이 점멸했다. 시간이 없었다.

"언니가 폭탄을 설치하면 나도 죽어요. 아니, 죽는 것보다 더 심한 일을 당하게 돼요."

"죽는 것보다 심한 일?"

"네, 아무것도 없는 무의 공간에 갇혀요. 거기서 영원히 떠돌게 된대요."

아이씨! 한태임이 머리를 쥐어뜯으며 방을 한 바퀴 돌았다. 혼자서 뭐라 중얼거리기도 했다. 나는 불안한 마음으로 그의 입에서 나올 말을 기다렸다.

"알았으니까 내 눈앞에서 사라져 버려!"

"네?"

"과거로 가지 않을 테니 꺼지라고."

차원 이동기의 불이 빠르게 점멸하고 있었다. 이제 정말 가야 했다.

"언니 잘 생각했어요. 정말 고마워요."

목이 메어 말이 잘 나오지 않았다. 스물아홉 살 한태임을 끌어안으려 했지만 그는 어색한 듯 뒤로 물러났다. 나는 미소 지으며 차원 이동기를 꺾었다. 차원의 포털이 생기고 안으로 들어가려던 찰나, 머리에 작은 번개가 치는 느낌이 들었다. 한태임이 15년 전으로 와서 나를 타임머신에서 꺼내 주지 않으면 162번째 세계는 생겨나지 않는다.

"언니, 내일 과거로 가야 해요!"

"뭐? 여태 가지 말라고 한 거 아니야?"

설명할 틈도 없이 포털이 나를 빨아들였다.

"폭탄을 설치하지 말란 뜻이었어요!"

"뭐라고? 잘 안 들려!"

한태임의 얼굴이 포털 밖에서 어른거렸다. 나는 있는 힘을 다해 외쳤다.

"과거로 가서 타임머신에 갇힌 태임이를 꺼내 주세요. 안 그러면 내가 사는 세계가 사라지게 된……."

된다고요. 뒷말은 혼자 중얼거렸다. 말이 끝나기도 전에 포털이 나를 검은 공간으로 데려갔으니까.

어둡고 고요한, 무의 공간이었다.

무(無)의 공간에서

✶

　나는 텅 빈 어둠 한가운데 떠 있었다. 무의 공간에는 빛, 소리, 냄새는 물론 중력도 없나 보다. 블랙홀 안을 떠도는 우주 비행사가 이런 기분일까? 한태임이 내 마지막 말을 알아듣지 못했다면 나는 아무것도 없는 공간에서 아무것도 하지 못한 채 갇혀 있어야 한다. 시간과 공간의 틈. 시간이 흐르지 않는 곳. 영원히 죽지 않는 곳. 어둠에 무게가 있을 리 없는데도 모든 감각이 짓눌리는 느낌이었다. 부르르 몸이 떨렸다. 목이 콱 막히고 눈이 뜨거워졌다. 눈물이 나왔다. 아직 성급하게 생각하지 말자고 스스로를 끊임없이 타일렀다.

★

　얼마나 시간이 흘렀을까. 이곳에 들어온 지 몇 분이 지난 것

처럼 느껴지다가도 몇 시간이 지나 버린 것처럼 느껴지기도

했다. 시간이 흐르지 않는 곳이기 때문일까? 나는 시간의 흐름

을 잃어버렸다.

✱

　차원 이동기를 꺾었다. 정신을 집중하고 248번째 세계의 한 태임, 피클 할머니가 기다리는 분기점으로 가려 했다. 아무런 일도 일어나지 않았다. 목구멍이 터져라 악을 썼지만 무의 공간은 그 소리조차 흡수해 버렸다.

✳ .

　사랑하는 사람들의 얼굴을 떠올리려 했다. 햇볕에 그을린 엄마의 얼굴, 나만 보면 입가에 미소가 떠나지 않던 할머니, 한 태임 관장, 피클 할머니…… 젠장, 또 눈물이 나려고 해.

✳

　인정할 수밖에 없다. 내 시간 여행은 실패했다.

✱

노란색 파프리카, 낡은 자전거, 타이미 011호, 목구멍이 따가
울 정도로 진한 핫초코…… 좋아하는 것들을 생각해야 해.

★

　무의 공간에서 유유히 떠다니면 외롭고 쓸쓸할 줄 알았다. 그렇게 느낀 건 처음뿐이었다. 지금은 외로울 틈이 없다. 어느 때보다 많은 생각과 감정이 내 안에서 끓고 있으니까. 즐거운 추억만 되새기려 해도 아리 패거리들이 나를 괴롭히던 생각이 떠나지 않는다. 아이들이 놀려도 참았던 건 학교가 세상의 중심이 아니라고, 내 인생의 전부가 아니라고 생각했기 때문이다. 졸업하고 나면 학교 밖 세상에서 내가 하고 싶은 일을 하며 활약할 날이 오리라고 믿었다. 이렇게 허무하게 열네 살의 나이로 허공에 박제될 줄이야.

★

화가 난다. 이럴 줄 알았으면 참지 말았어야 했다. 아리 패거리들이 놀릴 때마다 맞서야 했다. '나만 휘둘리지 않으면 그만이지.'라는 생각은 틀렸다. 휘둘리지 않더라도 상처는 받았으니까. 그 애들이 나를 배양육이라고, 고깃덩어리라고 불렀을 때, 너는 원시인이니 동굴에 살아야 한다며 가뒀을 때, 내 앞을 가로막은 그 애들을 향해 온 힘을 다해 분노해야 했다. 싸우기 귀찮다는 건 핑계일 뿐, 진짜 이유는 용기가 없어서다. 나야말로 겁쟁이였다. 안타깝게도 너무 늦게 알아 버렸지만……

한숨을 내쉬며 주먹을 꽉 쥔 순간, 따뜻한 막이 나를 감쌌다. 차원의 포털이었다.

시간의 터널이요?

차원의 포털이 사라지고, 나는 바닥에 가뿐하게 착지했다. 눈이 부셨다. 무의 공간에서 빠져나왔다!

161번째 세계의 한태임이 내 마지막 말을 알아듣고 과거로 와서 나를 구해 준 것이다. 다행이다. 정말 다행이야. 숨을 크게 쉬고 나서야 그동안 내가 숨도 제대로 쉬지 못하고 있었다는 걸 알았다.

"어서 와, 태임아."

분기점에서 나를 기다리던 피클 할머니가 나를 꼭 끌어안았다. 코가 시큰하고 눈물이 찔끔 나왔다.

"돌아오지 못하는 줄 알았어요."

"난 네가 돌아올 거라고 믿었어."

할머니가 내 등을 토닥였다. 조금 전까지만 해도 다시는 누군가의 손길을 느끼지 못할 줄 알았는데. 끝내 울음이 터져 나왔다.

"그렇지 않았다면 널 보내지 않았을 거야. 고생했다. 정말 잘했어."

할머니가 손으로 눈물을 닦아 주고는 새로운 포털을 만들었다.

"이제 집에 가야지."

나는 할머니의 손을 잡고 포털 안으로 들어갔다. 푹신한 물풍선 같은 이 느낌이 가끔 그리워질지도 모르겠다.

✳

도착한 곳은 과학관도 집도 아니었다. 우리는 원형 광장에 있었고 광장 주변은 여러 색의 터널에 둘러싸여 있었다. 미술 교사인 엄마가 자주 보는 색상환, 원으로 된 스펙트럼의 한가운데 있는 것 같았다.

"여긴 어디예요?"

"시간의 터널이야."

"시간의 터널이요? 전 집에 가는 줄 알았어요."

"물론 집에 갈 거야. 그전에 시간의 터널을 통과해야 해. 시간의 터널을 지나면 바뀐 과거에 따라 새로운 기억이 만들어지거든."

"그럼……. 제가 겪었던 일주일간의 기억이 사라진다는 뜻이죠?"

"파일을 삭제한 것처럼 완전히 사라지진 않을 거야. 꿈이랑 비슷하다고 생각하면 돼. 꿈에서 막 깼을 때는 선명하던 이미지가 시간이 지나면 휘발되어 버리는 것처럼."

"그럼 할머니랑 함께했던 기억도 잊을 수 있겠네요."

"응. 아쉽지만."

"한태임 관장과 함께했던 기억도요."

"그렇겠지."

"사라지지 않으면 좋겠어요."

"그러길 바라자꾸나. 가끔 지워지지 않고 남아 있는 꿈도 있으니까."

"네!"

지난 일주일은 내 인생 최악의 한 주였지만 결국 내 인생 최고의 한 주가 되었다. 시간 여행을 통해 솔 선생과 반 아이들을 구했으니까. 무엇보다 미래의 나를 만나면서 나는 스스로를 구했다.

"그럼 가 볼까?"

이제 정말 돌아가야 할 시간이다. 하지만 할머니와 헤어지기 전에 확인할 게 있었다.

"잠깐만요. 궁금한 게 있어요."

"뭔데?"

"미래는 현재에 영향을 주지 못하죠?"

"맞아. 갑자기 그건 왜?"

"한태임 관장이 준 서류요. 가방에 넣고 왔는데 사라져 버렸거든요. 운동화에 묻었던 얼룩도요."

"그래. 미래의 물건은 현재에 갖고 오는 게 불가능하단다. 물건만이 아니야. 미래에서 상처를 입어도 현재로 돌아오면 말끔히 사라지지."

"어떡하죠? 서류가 없으면 관장님이 제 말을 믿어 주지 않을 거예요. 타이미 011호를 타고 시간 여행을 했다는 걸 말이에요."

"태임아, 서류는 중요하지 않아."

"네?"

"중요한 건 관장님을 다시 만나려는, 인연을 이어 가려는 네

의지야. 시간 여행을 한 기억들은 네게서도 지워질 테니까."

"아⋯⋯."

나는 할머니의 인자한 얼굴을 올려다봤다. 나도 50년 후에 이렇게 멋진 사람이 될 수 있을까? 할머니처럼 다른 사람을 배려하고, 맡은 일을 깔끔히 처리하고, 나이 들어서도 활발하게 활동하는 사람이 되고 싶다. 지금은 50년이라는 시간이 상상도 되지 않지만.

"네 미래는 지금부터 네가 만들어 나가면 돼. 모든 건 너한테 달린 거야."

모든 건 나한테 달려 있다. 나는 힘차게 고개를 끄덕였다.

"정말 헤어질 시간이구나."

"할머니, 건강하게 지내세요."

"그래, 고맙다."

"저야말로 감사했어요."

"어서, 이거 받아. 시간의 터널을 통과하는 티켓이란다."

할머니가 내 손에 직사각형 모양의 종이를 건넸다. 아니, 종이가 아니었다. 티켓은 실리콘처럼 부드럽고 말랑거렸지만 휘어지지는 않았다. 티켓을 받아 들자 내 앞에 있는 터널 안에서 뿜어져 나오던 빛이 한층 더 밝아졌다.

"우리 또 만날 수 있을까요?"

"그건 나도 잘 모르겠구나. 그렇지만 우리는 어디서든 통하잖아."

할머니가 손등의 하트 점을 내보이며 미소 지었다. 눈빛에는 서운함이 담뿍 배어 있었다.

"할머니는 어디로 가요?"

"난 임무를 마쳤으니 본부로 돌아가야지."

할머니의 차원 이동기에서 붉은빛이 점멸했고, 반짝이는 시간의 터널은 나더러 어서 오라는 것 같았다.

"어서, 안으로 들어가렴."

"할머니, 또 만나요!"

나는 할머니를 꼭 안아 주고 시간의 터널 안으로 뛰어들었다.

"잘 가! 언제나 널 응원할게!"

할머니의 목소리가 점점 멀어졌다. 나는 빛에 휩싸인 총알이 된 것처럼 빠른 속도로 터널을 통과했다. 차원의 포털을 통과할 때와는 전혀 다른 느낌이었다. 처음에는 약간 어지러웠지만 조금 지나자 편안한 느낌마저 들었다. 손에 쥐고 있던 티켓은 터널 안쪽으로 들어갈수록 작아지더니 어느 순간 증발하듯 빛 속으로 흩어져 갔다. 그사이 머릿속에는 새로운 기억들이 심어졌다. 할머니의 말대로 꿈을 꾸는 느낌과 비슷했다.

일주일 전, 폭발은 일어나지 않았다. 복수를 포기하고 나를 구하러 온 한태임의 도움으로 나는 무사히 타임머신 밖으로 빠져나왔다. 우리 반 모두는 과학관 견학을 무사히 마치고 집으로 돌아왔다. 솔 선생은 식중독으로 입원, 사흘 동안 옆 반 담임이 임시로 우리 반을 맡았다. 그것 말고 특별한 일은 없었다. 예전 같은 일상이 반복되었다. 아리 패거리들이 나를 놀리는 것까지 포함해서.

반면 내가 지난 일주일 동안 겪었던 모험들은 희미해져 갔다. 아이들을 구하러 과거로 갔던 일, 15년 후의 미래로 갔던 일, 다른 평행 세계에서 온 아리와 피클 할머니를 만났던 일들이 점점 지워졌다. 한태임 관장을 만났던 기억이 사라지는 게 가장 안타까웠고, 아무도 내 활약을 알 수 없다는 것도 조금은 아쉬웠다. 어쩌면 나는 아이들을 구하는 영웅이 되고 싶었는지도 모른다. 하지만 괜찮다. 나는 이제 나 자신의 영웅이 되었으니까.

아주 오랜만에 집으로

시간의 터널 끝에는 눈이 시릴 정도로 밝은 빛의 세상이었다. 감았던 눈을 떴을 때, 터널은 이미 사라지고 없었다. 익숙한 공기가 코에 들어왔다. 내가 있는 곳은 학교 운동장 뒤편이었다. 내 앞에는 반가운 자전거가 있었다. 수업이 끝난 듯 학교 분위기는 어수선했다. 가방을 메고 교문을 나가는 아이들이 보였다. 아직 기억이 다 사라지지 않았다. 어서 집에 가서 기억들을 기록해야 한다. 나는 자전거를 타고 운동장을 가로질렀다.

"야, 배양육. 너 운동화 끈 풀렸다."

"뱃살 때문에 혼자서는 못 묶으려나?"

반갑지 않은 목소리가 귓가에 날아왔다. 아리 패거리였다. 무시하고 페달을 밟으려는데 내 안의 목소리가 들렸다. 무시하면 안 돼. 맞서야 해. 무의 공간에서 느꼈던 분노가 고스란히 깨어났다. 나는 그 애들 앞을 가로막듯 자전거를 멈춰 세웠다.

"배양육, 뭐냐. 비켜라."

아리가 자전거에서 내린 나를 노려봤다.

"조아리, 그리고 너희들. 앞으로 나한테 관심 꺼."

우우! 패거리들이 입술을 내밀고 야유했다.

"관심은 무슨, 보이는 대로 말한 거거든."

"관심이라니, 착각은 자유라지만 좀 심한 거 아니야?"

"우엑, 나 갑자기 속이 안 좋은데."

패거리들이 저마다 지껄였다. 지호는 얼굴을 구기고 토하는 시늉까지 했다. 일대일로 마주치면 내 눈을 피하고 지나가는 주제에 여럿이 뭉치면 기세등등해진다. 마지막으로는 언제나 아리가 나선다.

"한태임, 너 오늘 뭐 잘못 먹었냐?"

"아니, 전혀. 잘못 먹은 건 너겠지."

"뭐라고?"

"포도 주스만 먹지 말고 골고루 잘 먹으라고. 아무리 에그에서 태어났어도 단것만 먹다간 성인병에 걸릴걸?"

"애들아, 배양육이 진짜 고기가 됐나 봐. 자기가 무슨 말 하는지도 몰라."

"아리 너야말로 뇌 속에 고깃덩어리만 들었잖아. 배양육이
라는 별명은 너한테 더 잘 어울리는데?"

"야, 너 미쳤어?"

"나야 아주 멀쩡하지. 그러니까 내 걱정은 말고 남 괴롭힐
시간에 자존감이나 키워."

"뭐?"

"아리 네 인생에 집중하라고. 날 괴롭히면서 네 낮은 자존감
을 채우려 하지 말고."

예상치 못한 반격이었는지 아리는 말까지 더듬었고, 주스
팩을 든 손은 부들부들 떨렸다.

"뭐, 뭐라는 거야? 너, 너 정말 제정신 아니지?"

"말했다시피 나 아주 멀쩡해. 하지만 너희들이 이런 유치한
짓을 그만두지 않으면 좀 위험할 수도 있겠다. 15년 후의 내가
와서 널 죽일지도 모르거든."

하, 아리의 볼이 붉어지다 못해 포도 주스색으로 물들었다.
이마 한가운데선 굵은 혈관이 터질 듯이 팔딱거렸다. 패거리의
얼굴에도 당황한 빛이 또렷이 드러났다. 아리가 한발 뒤로 물
러나며 말했다.

"야, 한태임. 너 오늘 상태가 엄청 안 좋은 거 같다. 빨리 집에 가라. 내일 와서 혼나자. 응?"

"아니, 내일도 날 건드리면 너희들이 혼날 거야. 어엄청!"

너희들은 나 아니었으면 여기 있지도 못했어. 이 말은 속으로만 했다. 아리와 패거리들은 넋이 나간 듯 입을 헤벌린 채 아무 말도 하지 못했다. 그 애들을 향해 씨익 웃어 주고 자전거에 탔다. 페달을 밟는데 웃음이 나왔다. 내 안에 이런 모습이 있다니, 별것도 아닌데 그동안 왜 참고만 있었지?

나는 무의 공간에 감사했다. 그곳이 아니었더라면 부당한 일을 당하면 맞서야 한다는 단순명료한 진실을 영영 깨닫지 못했을지도 모른다. 물론 이걸로 끝이라고 생각하진 않는다. 아리 패거리가 놀리면 언제든 맞설 것이다.

"태임아, 운동화 끈 풀렸다."

교문을 빠져나가는데 솔 톤의 목소리가 들렸다. 솔 선생이었다. 자전거를 멈추고 발을 내려다봤다. 이번에는 정말 운동화 끈이 풀려 있었다. 자전거를 세우고 허리를 굽혀 주황색 끈을 단단히 묶었다. 솔 선생은 끈 묶는 일이 신기하기라도 한 듯 옆에 서서 내려다보고 있었다.

"선생님, 아기 나오면 보러 가도 돼요?"

"응? 어떻게 알았어? 내가 아기 얘기를 했었나?"

아기라는 말에 솔 선생의 얼굴에 미소가 번져갔다.

"아뇨. 지난번 교무실 갔을 때 사진 봤어요."

"그래. 우리 아기 다음 주면 나와. 꼭 보러 오렴."

"네, 선생님. 조심히 가세요!"

"그래, 너도!"

솔 선생에게 손을 흔들고 가볍게 자전거에 올라탔다. 아주 오랜만에 집으로 돌아가는 기분이었다. 나는 페달을 밟는 발에 힘을 주었다. 상쾌한 바람이 두 볼을 스쳤다.

수많은 자기 계발서가 우리에게 후회하지 말라고 말합니다.

돌이킬 수 없는 과거에 대해 곱씹는 것은 시간 낭비라고요.

우리보다 먼저 지구에 살았던 현명한 사람들도 후회에 대한 명언을 남겼지요.

영어 속담에는 "It's no use crying over spilt milk.(엎지른 우유를 두고 울어 봐야 소용없다.)"라는 말이 있고, 공자는 "成事不說 遂事不諫 旣往不咎.(성사불설 수사불간 기왕불구.)" 즉, "이미 끝난 일을 말하여 무엇하며 이미 지나간 일을 비난하여 무엇하리." 라고 했습니다.

옳으신 말씀입니다. 그렇지만 제게는 알면서도 실천할 수 없는 일들이 있는데요.

그중에서도 '후회하지 말기'가 단연 으뜸입니다.

저는 크고 작은 결정 앞에서 망설이고, 그 순간에는 가장 나은 선택을 합니다.

하지만 시간이 지나 문제가 생겼을 때, 가지 않은 길을 돌아보고 후회하곤 하지요.

그럴 때면 또 다른 평행 세계의 '나'를 생각합니다.

다른 일련번호를 가진 평행 세계에서 지금과 다른 모습으로 살아가는 내 모습을 상상하면 조금은 안심이 됩니다.

여러 평행 세계의 태임이가 결국은 태임이었던 것처럼, 아리가 아리였던 것처럼,

평행 세계에서의 나와 당신도 가슴속에 품고 있는 본질은 같을 테니까요.

이 이야기를 각자의 후회를 안고 타이미 011호에 올라탄 세상의 모든 태임이들에게 바칩니다.

당신의 모험은 지금부터 시작될 거예요.

2023년 11월, 남유하

TELE(PORTER

162번째 세계의 태임이

1판 1쇄 발행일 2023년 12월 5일

글쓴이 남유하 펴낸곳 (주)도서출판 북멘토 펴낸이 김태완

편집주간 이은아 편집 김경란, 변은숙, 조정우 디자인 안상준 마케팅 강보람, 민지원, 염승연

출판등록 제6-800호(2006. 6. 13.)

주소 03990 서울시 마포구 월드컵북로 6길 69(연남동 56/-11) IK빌딩 3층

전화 02-332-4885 팩스 02-6021-4885

🖥 bookmentorbooks.co.kr ✉ bookmentorbooks@hanmail.net

📷 bookmentorbooks__ f bookmentorbooks

ISBN 978-89-6319-555-1 03810